光の羽

《ほっこりあん》からのメッセージ

松山真由美

文芸社

ごあいさつ

愛されること
人に認められ褒められること
人や社会に役立てること
必要とされること
この本に出会った皆さんに
怒り、悲しみ、不安、恐怖、罪悪感などの
マイナスの感情が全て無くなり
そして心優しく温かくなった
あなたの背中にそっと
《光の羽》
が舞い降りる事を、心から願っています

松山真由美

前書き

光も感じなくなり何も見えなくなってから、もう二十年がたちました。こよなく愛した美容師という仕事を失い、夢も希望もなくし生きる力さえも失いかけていたあの頃が嘘のように、今はとても元気に生きています。

本当に多くの方々に支えてもらいながら、数々の試練を乗り越えてくることが出来ました。

現在は美容師だったころの経験と沖縄で学んだことを生かしながら、沖縄の読谷村でエネルギーエステスクール天使の羽工房の講師として活躍しています。

私は十五年前に沖縄の学校で人生が変わるくらいの大きな体験をすることが出来たのですが、その貴重な体験から、盲目のセラピストとして日々感じて気づいたことや、身も心もほっこりしてプラスとつながりながら楽しく生きるコツを、出来るだけ多くの人に伝えていきたいと思っています。

身も心もほっこり温かい人のことを私は《ほっこりあん》と呼んでいます。

ほっこりあんがいっぱいになって世界中が平和になってほしいと願いを込めて、そして今まで支えてくださった多くの多くの温かい人たちに感謝の気持ちを込めて、この本に祈りを込めながら全て一人でパソコンを使い書きました。

元気が出なくて一人でどうしようもなくて悩んでいる人や、病気で苦しんでいる人が少しでも少なくなってほしい、この世の中から病気がなくなってほしいといつも心から願っています。

そしてこの本を読んでくださった多くの多くの人々の心が楽になって毎日明るく楽しく前向きに生きていってもらえたら、私はこれ以上にないくらい本当に幸せです。

《二〇二四年、三回目の重版に際し加筆修正》

目次

プロローグ

この本のタイトルの《光の羽》というのは、沖縄で教えてもらった言葉なのです。

光の羽とは、出会った相手と気まずい雰囲気になった時にその場の空気を浄化してくれて、お互いをハッピーな気持ちにさせてくれるという宇宙からの贈り物です。

マイナスのエネルギーに包まれている人といると、なんだかこっちも疲れてしまう事がありますが、そんな弱ってしまった人と出会ったときや、自分自身にマイナスがたまりすぎてしんどい時に、この《光の羽》でそのマイナスをどこかへ飛ばしてあげてください。

マイナスのエネルギーは非常に強くその場の空気を悪くしますが、この《光の羽》を何度も心の中でつぶやいていると、あらまぁ、ビックリ！

フワァ～ッと空気がやわらかくなり、相手も緩むのかお互いに楽になるのです。

何度か試しているうちに、

「すごい！　なんだか魔法の言葉みたい！」

と思うようになり「そうだ、本のタイトルをこれにすれば多くの人が口にしてその度に周りは温かな気持ちで満たされていくのではないかしら！」

ともうこれしかないと思い、

《光の羽》

とつけさせていただいたのです。

周りが元気になっていくと嬉しいのは自分自身なのでどんどん身体は軽くなりどこへでもフワフワと飛び回れるようになるので、誰もが持っている天使の羽を綺麗に羽ばたかせ、さらにもっとステキな光の羽に変えていってもっともっと元気になってください。

私だけが元気になっていては意味がないと思い、あんなにも死にそうになっていた私が毎日楽しくルンルンな気持ちでいられるようになった数々のエピソードを、何かのお役に立てていただけてほっこりしてもらえたら嬉しいです。

真っ暗闇の世界で、見えていた時とは全く違う、私だからこそ気がついた《ほっこりあん》になる方法をこれからお話ししていきます。

今までのカチカチになっている思い込みをどんどん手放して、一緒に元気になっていってください。

第1部　失明

1章　失明の始まり

二〇〇一年三月、私がまだ二十八歳の時の、忘れもしないありえないようなまさかの悲劇の始まり。

今日も朝から元気いっぱいで、いつも通り楽しく働いていました。

ところが夜の十時頃、あれ？　何かおかしいなぁ！　なんだか目が疲れているような、いないような？　ちょっと嫌な予感がしてそっと目をつむってみると、今まで見た事がない何かが左の方に白くかすんでいたのです。

「なな、何これ!!」

その場にいた看護師さんに不安を隠しきれずそのことを伝えると、

「ほんとやなぁ、左目が少しおかしいから、明日の朝絶対に病院に行っておいで！」

と言われたのです。

次の朝、言われたとおりに初めて眼科を受診したのですが、あまりの人の多さにビックリした私は、

「こんなにも目の悪い人がいるなんて！　目が悪い人って本当に大変そうやなぁ！」

とのんきなものでした。

「目だけは絶対に大事にしなさい！」

という母の教えのおかげで目だけは、目だけはすごくよかったのです。

その甲斐あって、自分が眼科に行く日がくるとは夢にも思いませんでした。

先生が私の目をいろいろと検査しながら、だんだんテンションが下がっていくのがわかりなんだか嫌な予感。

「大学病院にいい先生がいるから紹介状を書くので今からすぐに行きなさい！」

と真剣な面持ちで言われ、ますます嫌な予感。

なんで、なんで、なんで？　なんでちょっと疲れ目で総合病院へ行かなくてはいけないの⁇　だんだん今までにない不安感に襲われ、やはりこれは何かおかしいよなぁ！　と思い、紹介状を持ってその足で大学病院へ行きました。

幼い頃から体が弱く、八歳にしてすでに死にかけた事があって辛い入院生活を経験していた私は、病院に行くといつも緊張感がたっぷりでした。

色々な検査が終わり、あぁやっと帰ることが出来ると思いほっとしていたらそんなこと

はなく、まさかの緊急入院！　と言われたのです。

「え⁉　入院ってなんですかぁ⁇　この後仕事があるのでそれは無理ですよ。入院だけはできません！」

と必死で抵抗したのですが、そのまま自宅に入院の用意も取りに行かせてもらえず看護師さんに連れて行かれたのです。

「いやだぁー！　誰かー助けてー！」

と心の中で叫ぶしかできず、気がつけば病室のベッドの上に寝かされ点滴でした。

何が何だか全くわけがわからず、

「どういうこと？　いや、きっとこれは夢だろうなぁ⁉」

というより、お願い絶対に夢であって！

腰痛がひどくて接骨院にはよく通っていたので椎間板ヘルニアになったというのならばまだしも、身体の中で一番自信のあった目とは、一体全体これは何事⁉

今から思い返せばあのまま働き続けていくと私に待っていたのは過労死もしくは脳梗塞だったのかもしれませんが、どうやら本当に夢でもなかったようで、なんと一カ月以上も入院したままでした。

一体何がどうなってこんな事になってしまったのか、その原因というのは誰にもわからず、眼球は問題なく、ただ細い視神経だけが炎症を起こしているらしいのです。

その炎症を抑えるためにステロイドを大量に点滴で入れていくのですが、まだ目は普通によく見えている上に、体は自由に動いているので退屈でたまりませんでした。

その病院には偶然にも、ラッキーというべきか私が勤めていた美容室のお客様がたくさん働いていたのです。

知り合いの看護師さんを見つけては「わーいわーい！　元気ー！　何しているのー！」と声をかける事が楽しみに。

たいして何もすることがなく、他に楽しみといえば食事だけでした。

ナースステーションの横に貼ってある食事の献立表をじっーと見ている人が何人もいるので、いったい何がそんなに面白いのかなぁ？　とずっとなぞでしたが、気になってこっそり見ているうちに、すごくよくわかるようになったのです。

何がと聞かれると難しいのですが、とにかく面白いのです。

そこには一週間分のメニューがいっぱいのっているのですが、それがすごく美味《おい》しそうに書いてあるのです。

「すごーい！　この日豪華ー！」とかこんな料理食べたことないー！　というようなご馳走がいっぱい。

といっても実際は病院食なのでほとんどが期待はずれなのは言うまでもありませんが、しかし裏切られてもそんなことはどうでもよく今日は何かなぁ～？　と常にワクワクドキドキさせてくれる、この献立表にだけ興味があるのです。

あまりにも毎日じーっと見ていたので、ひょっとしてもしかしたらそんな私の事が邪魔だったのか私にだけ同じ献立表をコピーして特別にくれるようになりました。

そのような毎日が楽しいはずもなく、仕事大好き人間だった私は帰りたくてたまりませんでした。

その時からずっと主治医である眼科の先生に「もう私は大丈夫なので、退院してもいけますよ」

と勝手な事を平気で言ってはいつも困らせてばかり。

それにお客様の看護師さんがたくさん病院に働いていたので、先生はみんなに私のことを早く治してあげて！　とお願いされていたらしいのです。

私の目を治してくれるのはこの先生だけだというのに、どういうわけなのか頑固すぎる私の目は、薬も何も効かずかたくなに治ろうとはしないのです。

それでも「まだあかん！　絶対にまだ帰ったらあかんぞぉ！」と言う先生に、

「仕事が私を待っているんです！」

と今から思えば全然待ってなどいないのに当時は本気でそう思っていたのです。

視神経炎という病気は一週間ぐらいで治るからそんなに心配ないよ！　と言われていたので、私も周りのみんなも軽く考えていたのですが、なかなか帰らせてくれない事にストレスはたまる一方でした。

「絶対に無理な仕事はいたしません！」という約束でやっとの思いで退院したのです。

体は元気で目も普通に見えていたので、私は仕事がしたくてたまらず約束どおり今までの半分以下の労働時間と内容にしてもらい、半年ぐらいは変わらず働いていました。

しかしながらその少ない時間の中でも大好きだった美容師の仕事は、「わーい！　病院から出られたぁ！」という開放感のおかげで以前よりももっと夢中になってしまったのです。

毎日本当に楽しくて最高だったのです。

この入退院を結局六回も繰り返したのですが、退院した後の自由を味わうひと時はたまらなく幸せだったのです。

その当時は毎日夜遅くまで仕事だったのに、さらに終わってからはレッスンをするというなかなかのハードな毎日でした。

もっと信じられない事にそのあとから普通に食事に行ってお酒を飲んで。

普段の趣味は映画鑑賞と服を買うことで、みんなでわいわいお酒を飲みに行くことが何よりも大好きな普通の女子だったので、これからもずっと変わらずに美容師をしているのだと、これっぽっちの疑う余地もありませんでした。

だから「絶対に無理だけはしたらあかんぞ！　少しでも身体が疲れたらあかんのやぞ！

わかっとるんやろぅな！」と何度も先生に念を押されていたにもかかわらず、自分の中では、これ以上目が悪くなるわけなんてない！　と本気で思っていました。

本気でそう思っていた能天気な私は、毎日が楽しくて美容師という仕事に完全にとりつかれていたのだろうと思います。

悲しいことに毎月の受診でついに左目の視野がもうほとんどないことがわかり、全く前回の入院と同様に気づいたらベッドに寝かされてまた点滴の日々でした。

しかし入院も二回目にもなると人間どんなことでも慣れるもので余裕もできてきたのか、同じ部屋の向かいのベッドに寝ている岡野さんというお友達までできたのです。

お互い同じ気持ちだったのかあっという間に仲良くなり、毎日病院の中をウロウロ。

岡野さんのおかげで食事の献立表を見に行くことだけが楽しみだった退屈極まりない入院生活が、なんと楽しい毎日に変わったのです。

その岡野さんが、私の旦那様との運命の再会のキューピッドさんだったとは、今から思っても本当にすごい！　すべてはうまくいっている！　と感動しながらも、そんな岡野さんのことが女神様に思えてなりません。

いろんなことを話しあってお互いの悩みを解決しあいながら二人で大笑い。

あの時岡野さんに出会っていなければ十年後の今、この本を書くこともないぐらいこの入院が私の人生をいろいろ変えてくれたのです。

どうしてなのか前回の入院の時もそうだったのですが、治療の成果が全く出ない私の目は、今回も左目はほとんど見えないというのに、どうすることも出来ないまま退院でした。

それなのにやはりバカな私は、またこりずに仕事に復帰してしまったのです。

さすがに今度は右目を大切にしながらではあったのですが、いざ一歩サロンに入ると、私の体調や目の事はお客様にはもちろんスタッフにも関係のない事。

そのうえ何かと心配をかけてしまいこれ以上迷惑をかけてはいけないと、片目しか見えていない分人より頑張らなくては！　と、もう必死だったのかつい私なりにではありますが張り切ってしまったのです。

私は仕事もそうですが、終わってからのレッスンも大好きでした。

営業とはまた違う空気で技術職の私たちはいつもいつでも勉強でした。

私が知っていることや教わったことは、自分をここまで育ててくれた人や全ての事に感謝して、自分に出来る精一杯の力でみんなに教えてあげたいなぁと思っていたのですが、そうやって人に伝える事によって自分自身が勉強になり、さらにパワーアップ出来るという、そんないい事だらけのレッスンが大好きでした。

それに奇跡的な確率で私の後輩になってくれたんだぁというスタッフみんながかわいくてたまらなかったのです。

だから私に出会ってくれたからには、みんな楽しんで元気になってね！　といつも心の中で願っていました。

昔から偉そうな人や人に怒るということが大嫌いで、怒るのではなく楽しく頑張る！が私のモットーでした。

そのころから、「美容師は努力と忍耐やでー！」とか、

「今を生きる！　今死ぬ気で頑張らないでいったいいつ頑張るのー！」

などそんな事ばっかり言っていたのですが、今からふり返っても人間の根本というのはあまり変わらないものなんだなぁと思わず笑ってしまいます。

仕事だけではなくプライベートの悩み事も見て見ぬふりが苦手で、かなりのおせっかいだった私は、仕事もプライベートも両方が楽しくないと心から笑えないはずだと思いこみ、少しでもしゃべる事で楽になってくれたらいいなぁと、友人の悩み事を聞きながらだんだん笑顔になっていく姿を見ることも大好きでした。

それらは今からふり返ると、美容師人生がもう長くないということを魂がわかっていたので、あんなに夢中でレッスンしていたのかもしれません。

レッスンも大好きだったのですが、スタッフと終わってから飲みに行く事も趣味の一つだったのでやめられず、まるで今までの全ての出来事にバチが当たったかのように、ついに三度目の入院がきてしまいました。

この三回目の入院から忘れもしない、免疫抑制剤《めんえきよくせいざい》を自分で自分に打つという自己注射がやってきたのです。

右目を守るためにはこの自己注射を打たないと、絶対に打たないと目は見えなくなる、と何度も神経内科の先生たちに説得されたのです。

それに自分で自分を間違えて攻撃してしまうという自己免疫疾患かもしれないので、免疫を抑えないと近いうちに身体中の神経が次から次にやられていき、歩けなくなり車椅子になるかもしれないのだよと。

そんな事を何度も言われたのに、それでも私には何か大きな違和感があったのです。

八歳での入院の時も一カ月以上もの間小さい腕に毎日朝から何度も点滴。

両腕の血管がすごい色になってカチカチになっているのに、それでも無理やり針をさされたというあの時の恐怖がトラウマだったのもあると思うのです。

いやだー！　と泣いていたら、なんでそんなにいやなの？　じゃあ心療内科（心のケア）の先生にゆっくり聞いてもらいなさい！　と心療内科に連れて行かれ、気がつけば精神安定剤を飲んでおとなしくなっていました。

そのころから、すっかり私の身体は薬漬け。

こんなの特別だからねとブツブツ言われながらも、針が痛くないようにと麻酔のシールまでもらって。

大人なのにとみんなに笑われながらもなんとかかんとか退院出来るようになった頃には、その注射の副作用の防止のために、抗鬱剤に精神安定剤に睡眠薬、ステロイドに鎮痛剤にビタミン剤と、今から思えば怖い事ですが意味もわからず言われるままに大量の薬を飲んでいました。

たぶんそのころから身体の調子はいつも悪く、意識ももうろうとしていたのかハッキリとした記憶があまりないのです。

それなのに退院してからも本当にしつこいのですが、どうしようもない大バカ者の私は仕事にもどったのです。

それは右目だけの美容師でした。

ですが片目で不自由したことはほとんどなかったのです。

カットは身体の感覚が重要なので、手元は見なくても勝手に動くので問題ない、一度も手を切ることもなく今までどおり。

それほどどこまでも美容師がやりたくて、それよりも何よりもこの世界から出されたくないよぉ！　と、私の中で必死だったのだろうなぁと思います。

自分では絶対この仕事は天職！　と思っていたので、なおさらこんなことぐらいでやめるなんて私には考えられなかったのです。

ヘアースタイルを変える時は誰もがワクワクドキドキ、出来上がってかわいくなった姿を見たときのお客様の笑顔を見ることが、私の何よりもの幸せだったのです。

毎日たくさんの人とお話ができて、悩み事を解決したりいろんなことを教えてもらったりと、日々違う毎日でお客様には喜んでもらえる。

スタッフもみんないい子ばかりで本当に最高に楽しくて、こんないい仕事は他には絶対にない！　といつも思っていました。

あの時はメチャクチャでしたが、タイムリミットがくるまでの間精一杯頑張れた！　だからこそ本当にいい思い出であり、きっと感無量というのはこんな感じなのかなぁ⁉と思っています。

それでもあの頃、家族の反対を聞いて、あそこまで無理をしていなければ、もしかしてもしかしたら目はここまで見えなくはならずにすんだのかも知れませんが、それは今となっては誰にもわからない事なのです。

しかし、あの時すぐにやめていたら死ぬほど大きな後悔だけが残っただろうと思います。

2章　美容師卒業

右目だけの生活がいつまでも続いたらよかったのですが、その終わりの時がきてしまいました。

何とか元気だった右目の神経がついに弱りだしたのです。

どこまでも能天気な私だったのですが、さすがにここまで来てしまってはもう笑ってはいられませんでした。

その時は目が悪くなるまで、同じサロンでずっと共に頑張って働いてきた奈美ちゃんという女の子と二人で住んでいたマンションから引き揚げて実家に戻っていました。

あの頃の生活は、小太郎とさくらとうにという、ちょっと面白いかわいい猫の三兄弟もいて、本当に毎日楽しくて幸せでした。

誰かが遊びにきては泊まっていき、いつも楽しくて大笑い。

今から思えばかなりめちゃくちゃな生活だったのですが、きっと二度とないくらい楽しい毎日！

それはもう本当に何もかもが自由で最高だったのです。

そんな生活から一変して、仕事も私生活も全てを失ったような気がするのも無理はありませんでした。

四回目の入院が終わってからはあまり記憶がなく、生きていたのかさえもよく思い出せないのです。

どんどん身体は弱っていき食欲もなく、完全に無気力状態になって夜は何をしても眠れず、全く笑えませんでした。

そんな辛い生活が続くと身体が動かなくなり、朝から晩まで横になるしかできませんでした。

そんな私の様子を見ていた弟に、

「なんとかなると思ってもっと前向きに考えなあかんで。このままやったら鬱《うつ》になるぞ！治るものも治らんで！」

と優しく言われたのは今でも覚えています。

心配してくれて励ましてくれているのは嬉しかったのですが、もうすっかり以前から完全に鬱状態だった私は、怖いぐらい毎日、毎日ボーッとしていたのです。

どういうわけか最後まで目が悪くなった原因はわからずじまいで、疲労過労とストレスだろうと言われていました。

原因が他にあって、手術で取り除けるのならいいのですがそういう訳にもいかず、手の施しようがないのです。

朝起きて、

「あぁ良かった、まだなんとか見えている、今日もなんとか大丈夫」

と、自分をなぐさめることが精一杯でした。

そうやってただただ毎日少しずつ、少しずつ見えなくなっていくという、この世のものとは思えないような、そんな怖い話は他に聞いた事ないよ！　というくらいの事実が、毎日ジワジワと襲ってくるのです。

それはもうたとえようのない恐怖でした。

一体これから一人でどうしたらいいのか全くわからない、こんなことがほんとにあっていいの？　目が見えなくなるなんて私にはどうやっても考えられない。

こうなったのは今までの自分が悪いということも完全に忘れ、なんで、なんで私がこんな目に！　と、悲劇のヒロインになるしかありませんでした。

それどころか何が起こっているのか、実はあの頃はよく理解できなかったのです。

「お願い、誰か助けてー！」

それでも着実に少しずつ見える範囲と色が減っていくのです。

このまま見えなくなったら、絶対に私には生きていくことは無理。

たぶん世の中には見えなくてもたくましく生きている人はたくさんいるのだろうけれど、でもでも、こんな弱っちぃ私なんかには、どう考えても、無理。

だから、

「神様お願い、このまま見えなくなるということだけは絶対にやめてください！」

と毎日一人でお願いしながら、本当に恐怖との闘いの日々でした。

よく神様は乗り越えられない試練は絶対に与えないといいますが、そんな状態の私にはどう転んでも乗り越えられると思えるはずもありませんでした。

そんなすっかり弱気で情けない娘に耐えかねたのか、ずっと何も言わず優しく見守っていてくれた母が、ある時、

「しっかりしなさい！　あんたなんかよりずっとずっと大変な思いしてそれでも頑張っている人を、お母さんは何人も何人も見てきたんやで！　あんたなんか目が見えないだけやねんから、大した事ないいんやから。もっと気甲斐性《きがいしょう》出して頑張りなさい！　心の目を開きなさい！　心の目があれば　何でも見えるようになるんやで！　もっとしっかりしなさい！」

と長年看護師をしている母に、涙をこらえながら一喝されたのです。

「え、え？　心の目って自分で開けられるものなん？　そんなもの開くってどうやって？　開き方があるん？　そんなことは私なんかにはきっとムリ！」

とわけのわからない事を言いながらも、頭の中は衝撃でいっぱいでした。

あの時の母の声がなければ、もっと激しく、もう二度ともどってこられないぐらいのすごいところまで落ちていったと思います。

その言葉は今でも胸に焼き付いていて、負けそうになった時には、どこからかやってきてはよくハッとさせられたものでした。

しかしこんなことを言えるのはやはり母親です。

あのタイミングで、あんなに死にそうになっている人間に向かってなかなかあれだけ強く言えないはずなので、今から思い返すと、私にこの言葉を伝えてくれるために母は看護師だったのではないかしら！　と思ってしまいます。

もうこれ以上家族に迷惑をかけて生きていくだけの人生なら私なんか死んだほうがまし、こんなに大変な体になってしまった私なんかいないほうがいい、もう死ぬしかない。と明けても暮れてもそんな暗いことばかり考えていた私に、頑張りなさいと言ってくれたのです。

それまで抑えていたものがあふれ出て嬉しくて泣きそうになりましたが、当時はみんなが涙を堪《こら》えているような気がしていたので、私が泣けばみんなはもっと悲しむと思い込み、一度も人前で泣くことができなかったのです。

人前だろうが思いのままに泣いてしまったほうが、よっぽど楽だったのになぁと今なら絶対にそう思うのですが、なぜか私は全然辛くなんかない！　とでもいうような下手な演技をしていた気がします。

それが周りをもっと辛くさせているとも知らずに、そうする事が家族のみんなが救われるのだと、恥ずかしい話本気でそう思い込んでいたのです。

一人で苦しんでいる娘の心の中なんてものはとっくにお見通しだったのか、一番負担をかけそうな母親がそう言ってくれたので、これはもしかして私は頑張るしかないのでは？

こんな現実から逃げ出したい、もう何もかもいやだー！　毎日そんなことばかり思っていたけれど、初めて心のどこかで何かがピクッと動き出したのを今でも覚えています。

3章　命の恩人

私には入院の度に何度も遊びにきて励まし続けてくれていた幼なじみのやっちゃんとのりちゃんという優しい友達がいます。

五回目の入院の後その二人はあまりの薬の多さにどんどんやせて弱っていく私の身体をいつも心配してくれていたのですが、ついに耐えかねたのか知り合いの鍼灸院に連れて行ってくれたのです。

それが命の恩人との出会いでした。

まだ少しずつ見えなくなっていくという恐怖との闘いの毎日を送り、身も心もボロボロで薬漬けだった私の身体はかなり冷えきっていて、怖い事に全身がすでに硬くて黒くなっていたらしいのです。

びっくりした先生が、

「このままやったら、あなた死ぬで！　絶対死ぬで！」

「私もそう思います」

「ほんまやで！　ほんまにやばいで！」

と言いながら薬を全部調べてくれ、次々に私の身体から薬を抜いていってくれたのです。

「抗鬱剤と精神安定剤を飲んでいるということはよく考えてみ！　プラスマイナスゼロってことやで！　全然意味のないことをしているんやで！」

とか、

「免疫を下げたらあかん、逆やで！　免疫は絶対上げなあかんで！」

と言いながらいろんな方法で必死に説得してくれながら、あの免疫抑制剤の注射までやめさせてくれたのです。

薬を全てやめて針とお灸と食事療法で、私の身体はどんどん見違えるように元気になっていったのです。

先生は本当にいろんな事を教えてくれ、その上精神面まで強くしてくれました。

その時に教えてもらった、

［ありがとうの奇跡］

の話は感動しました。

今では有名な話なのですがそれはなんとも神秘的で、ありがとうと言い続けたお水はきれいな結晶ができ、悪口を言い続けたお水は濁ってドロドロになるというものです。

だから私達の身体はほとんどが水なので、ありがとうという言葉をたくさん口にしていると身体はどんどんきれいになっていく！　というものでした。

「あぁなるほど！　身体に気持ちは通じるものなんや！」

と改めて自分の身体をもっと大切にしてあげないといけないことに気づき、同時に今までひどい事ばかりしてきたなぁとかなり反省させられました。

他にもエネルギーのことや楽しく前向きに生きていかなければ健康にならないという事、嫌だなぁ～と感じるストレスというやつがどれだけ身体を傷つけるか、人間は好きな事をしないと元気にはならないという事、などなどいろんな話を教えてくれたのです。


毎日寂しくて辛くて悲しくて孤独で不安だらけ、どうしようもなく今にも壊れそうだった私の心は、あの時助かったのです。

それにしても何でも知っているこの先生は中身がすごい、まさに私が思っている本物でした。

あの時薬をやめていなかったら今頃はどうなっていたのかなぁと時々思うことがありますが、きっと生命力の強い私は死ねずに今頃は間違いなく廃人です。

第2部　視覚障害者

4章　ハーブにはまる

鍼灸院まで週二回やっちゃんとのりちゃんが何カ月もの間、車で送り迎えをしてくれていました。

きっとあれがなければ私の力では、絶対にあそこまで長い間通い続ける事ができなかったと思っています。

そのおかげで自分自身が元気になってきたという事もあると思うのですが、さすがにちょっと悪いなぁと思うようになってきたのです。

そんな私の気持ちが伝わったのか、

「私らのことはぜんぜん気にせんでいいんやで！　あんたは何も考えんでいいんやで！」

といつも二人で笑いながら送り迎えをしてくれました。

その頃はまだ放っておいたら危なそうな私の事を見抜いていたからなのかどうか、家から連れ出しては手を引いていろんなところに連れて行って楽しませてくれたのです。

二人なりに励ましてくれているんだなぁという事が、私にはすごく伝わってきて本当に心から感謝でいっぱいでした。

ちょっとでも何かある度にいつでもすぐに泣きそうになる私の事を二人で必死に笑わせてくれては、買い物やランチに何度も何度も連れて行ってくれたのです。

本当に友達ってすごいものだなぁ!! と、これが本物なのだと心にぐっとくることばかり。

それが嬉しくてすっかり二人のお言葉に甘えてばかりでした。

その頃、ハーブに出会いました。

ミントひとつにしてもすごい種類があり、バナナミントを見つけた時は感動でした。

それからは毎日のように帰りにいろんなハーブの苗を買って帰っては、植え替えて大きく育てることが楽しみに。

枯れそうな花でも復活させてしまうというガーデニングが趣味だった父親の助けもあり、庭もベランダも部屋の中も花だらけになっていましたが、もう夢中でした。

その頃は一人で部屋にいると、過去の出来事や未来への不安、悲しい現実など、無意識のうちにいろんな事を考えてしまい、毎日涙が止まりませんでした。

そんな一人でどうしようもなかった私は、ポロポロ泣きながらなのに、何度も葉っぱをこすってはクンクン。

もう暇さえあればクンクンしてうっとりしていたのです。

あの頃は自然の一部であるお花たちにも私は随分助けてもらいました。

5章　ヨタヨタ歩行訓練

ますます元気が出てきたのですがもう目の方は見えなくなっていたので、やっぱり点字を習わないとダメかなぁ？　と思い、まずは点字教室に通いだしました。

そのころの私は悲しいけれど、誰かに手引きをしてもらわなければ歩けないし、一歩外に出ると恐怖のどん底に突き落とされたかのように、本当に何が何だか全くわからない状態だったのです。

外に行きたいと思っても一人ではどうする事もできないのです。

それどころか家の中にいてももちろん何もわかりません。

かろうじて自分のものは手で触れば何なのかがわかるのですが、字が読めないので何が書いてあるのかがさっぱりわからないのです。

今まで見えていた物や文字が読めないことがこんなにも不便で悲しいことだとは。

そうやって一人でいると何もできないということに気づき、まだ何も知らなかった私は点字を覚えない事にはやっぱり生きていけないのだろうなぁと思ったのです。

点字はなかなか難しくてきちんとした覚え方があるのですが、それらを正しく覚えるとなると結構大変だったのでこっそり私流に覚え方を変えてみたのです。

そうしたらどんどん暗記できてしまうので、面白くてもう夢中でした。

しかしあんなに頑張って通って勉強したのに、残念な事に読むことができなかったのです。

簡単な文字で書いてあったらまだなんとか読めたのですが、紙に書いた字は細かすぎて難しく、全く無理。

私なりにだいぶ頑張ってはみたのですが、どうにも向いていないような気がしたのです。

それまで指先の器用さにはちょっと自信があったのですが、あの細かい字をすらすらと読み取るのは本当に難しいのです。

そんなある日「よく頑張ったからもういいよ」と神様に言われたかのように、日本ライトハウスの先生が私を助けにやって来てくれました。

日本ライトハウスというのは、中途で失明した人が生活出来るように訓練してくれる所です。

今まで見えていたのが急に見えなくなると生きてはいけないので、日常のほとんど全てをこなせるように指導してくれるのです。

初めは白杖《はくじょう》を使っての歩行訓練からでした。

白杖の使い方一つにしても、全然上手くなりません。

毎日家の周りをヘルパーさんに見てもらいながら白杖を使って歩く練習をしたのですが、あまりにも怖すぎて今まで見えていた分、変に想像してしまい恐怖でなかなか動けないのです。

身体はもうガチガチでガクガク。

白杖を持って歩くことに抵抗があるとか恥ずかしいとか、そんなことを言っている場合ではないくらいに、あれはどこの誰が見てもかなりの怪しい動きだったと思います。

そんなおかしな私にヘルパーさんも笑いながら、

「寛平チャンの物まね？」

絶対にそんなわけはなく、その度に、

「ち、ちがいます！」

自分でもちょっと何かが違うよなぁ！　と思いながらも、いつまでも怖すぎて腰が引けているのです。

毎日そんな感じで右も左も何もかもわからない不安だらけではありましたが、何とかかんとか、ちょっと立ち上がることができたのかなぁと思います。

人間落ちるところまで落ちたらあとは上がるしかない！　と言いますが、こんな感じなのかなぁ？　とも思っています。

あの落ちるか落ちないかと必死で何かにすがり付いていた頃の方が、私には比べものにならないぐらいよっぽどしんどかったです。

全てを受け入れる事はまだ無理でしたが、今の自分の立場や状態を認めることが出来たら、何とか起き上がってヨタヨタと一歩前進！

私の場合は、何をするのも人よりも遅いのですが、その勇気が湧いてきたらこっちのものので、後は信じてゆだねるだけでした。

6章　神様のご褒美

八歳で病院の先生に、

「もう手遅れかもしれない、家族のみなさん、覚悟してください」

と言われ腹膜炎の緊急手術をした時から何度も死んでもおかしくない事故にあっているのですが、どの場面でもなぜかいつも無事なのです。

「目は見えないけれど、体はピンピン動くし生きている！　きっと命さえあればなんとかなるはず！」

と今回も何とか生き延びたのだから、もうこれからは強く生きていくしかないのだぁ！と心に決めたのが良かったのだと思います。

視覚障害者としてはまだまだひよっ子だった私を、今度は結婚するということにより、旦那様となる真二さんが支えてくれることになったのです。

真二さんと初めて出会ったのは、私がまだ美容学校に通っていた頃でした。

偶然が重なって、気がついたらいつも近くにいたのですが、その頃は一度も付き合うことにはならずに、私たちは美容師仲間のままでした。

それが五年ぶりぐらいに、キューピッドである岡野さんによって運命の再会をすることとなったのです。

入院中に突然岡野さんから美容室に行きたいのでどこかいいお店を教えてほしいとたのまれ、ちょっと悩んだのですが知り合いの美容室を紹介しました。

なぜ悩んだのかというと、昔の友人などに今の姿を知られる勇気がまだなかったからです。

「私の目のことはその人には絶対に何も言わないでね！」

「はいはい。絶対何もしゃべらんから安心しててやぁ！」

と何度も言っていたはずが、何がどうなってそうなってしまったのか、ものの見事に細かいことまで岡野さんはその美容師さんに話してしまったのです。

しかしそのおかげで後日その美容師さんと真二さんが、食事に誘ってくれたのです。

真二さんは何年も会っていないのに変わらずやさしく、

「いつかまた会えると思っていたよ」

と言いながらさりげなく私の手を引いて昔と同じように食事やカラオケに行って楽しませてくれたのです。

「もっと俺と早く付き合っていたらこんなことにならんかったのに、ほんまにあほやなぁ」

と真二さんはよく言っていましたが、今だからこそこうしてまた出会えたのだと私は思っています。

あの頃の私はどう考えてみても何もいいところはなく何のお役にも立ちそうになかったので、世の中、物好きな人というのは本当にいるものだなぁとちょっと嬉しくなりました。

前を向いて歩き出した私をどんどん、

「こっちやでー!」

というかのように、まるで指導霊のような感じで導いていってくれるのです。

きっとあの時一人で強く生きて行こうと前を向いて歩いていたので、神様がご褒美に、

「かわいそうに! あんたは目が見えないから、一人ではどこへ向かって歩いていったら

いいのかわからんやろぉ」

と真二さんに出会わせてくれたのだと思います。

いつまでも下を向いて前を見ていなかったら、こんな大切な出会いを見落としていたはずです。

一生懸命頑張っていたらいいことがあると言うのも本当だなぁと感心しつつ、人間は動きださないことには、何にも出会えないのだと改めて実感しました。

7章　主婦修業

結婚して主婦になるかもしれない！

しかしその頃の私は全く元気がなく主婦どころか、どちらかと言えば暗くて毎日メソメソしたまるで幽霊のようでした。

ところが真二さんは、そんな暗い私にいつもやさしく笑いながら、

「大丈夫！　大丈夫！」

いつでもどんな事があっても、

「大丈夫！　大丈夫！」

そうやってすっかり真二さんに大丈夫の魔法をかけられていた私は、いつも穏やかで落

ち着いているので、その言葉を聴く度に、本当に大丈夫なのかも！　と安心させられていたのです。

だからまさか真二さんが辛くて大変だったとも知らずに、のんきなものでした。

後から聞いた話ですが、初めて二人で旅行に行った帰りにどうしても行きたい場所があると言われ、目の神様がいるという神社に寄ったのです。

そこで私が嬉しそうに手を合わせている横で、なんと真二さんはボロボロ泣いていたらしいのです。

悔しくて悔しくて涙が止まらなかったと。

それは真二さんにとって今だに忘れられない思い出の一つだそうです。

そんなことは露ほども知らず、辛いのは私だけと思っていたのですが、多分必死で耐えて毎日頑張ってくれていたのは真二さんだったのだろうなぁと思います。

今から思えばかなりひどい話ですが、自分の事どころか生きていく事に精一杯だった私は、真二さんが悲しんでいることに気づいてあげる余裕などどこにもありませんでした。

そのような状態の私たちだったのですが、主婦になるためにはやはりかなりの努力が必要でした。

この頃来てくれるようになったのが、この後私を立派に育ててくれた日本ライトハウスの堀内先生です。

何よりこの先生のすごいところは素晴らしいぐらいに褒め上手なのです。

それにしても今までこんなに人に褒められたことはなく、先生の絶妙な褒めるタイミングというか、なんというか、とにかくすごいのです。

失敗してもそんなことは全然気にしなーい！

少しでも出来たことに恥ずかしくなるくらいに褒めてくれるのです。

それはまるで、私だけが特別なのかしら？　と思ってしまうほどなので、初めは、「そっ、そんなぁ、ちょっと先生言いすぎですよぉ！」

と照れていた私もすっかり先生の話術にかかり気づいたらエヘへとにやけている、どんな状況であっても、人間というものはどうやら褒められると嬉しいようにできているみたいです。

こんな障害をもって、誰かに褒められることなんて二度とあるわけないと思っていたのに、こんな私を褒め殺しにしたのです。

そんなすごい人が月に一度家に来てくれて歩行訓練や点字、パソコン、などなど私がどこへ出ても恥ずかしくないようにと、いろんなことを教えてくれました。

本当の教え上手は褒め上手なのだと改めて感心させられることばかり。

今まで私が人を育てる時に、こんなにも褒める事ができていなかったことに気がついたのです。

あぁそうか！　楽しく頑張るというのはこういうことだったのかぁ、嬉しくなってきて初めてヤル気というものが湧いてくるんだなぁと感激したのです。

ただ頑張るや、楽しいだけではダメだったのです。

いつも褒めて育てていただいた私は、気がつけば時間はかかりますが結構何でも出来るようになったのです。

もちろん初めの頃は、料理どころか家事の全てが出来るわけがないと思っていました。得意ではないけれど料理は好きだったので、まだ家事よりは何とかなるかなぁと軽くみていたのは大間違いでした。

包丁の使い方ひとつとっても、玉ネギのみじん切りも、キュウリの輪切りも前のようにきれいにできないのです。

それに暗闇でそんなことは絶対にできないという思い込みが、手を切るかもしれないという恐怖を作り出したのでしょう。普通ならしないような失敗だらけなのです。見えていたらなんて事のない簡単なことがすぐにはできないので、時間ばかりがかかり、思ったとおりにいかずだんだん疲れてくる、いつも最後には辛くなってきて泣きながら作っていたのを覚えています。

あの頃は思いどおりにいかない事が多すぎてすぐに涙が。

とにかく今までの経験が邪魔をして、見えていた時と同じような感覚で動いてしまうのです。

やけどはしょっちゅう、周りはドロドロ、キッチンはいつもメチャクチャでした。マカロニを湯がいてザルにザパーとしたら、あれれ？　マカロニがいない！　なんていうありえないような失敗ばかり。

一番困ったことといえば冷凍です。

冷蔵庫のものは自分で入れたものならば何かわかるのですが、冷凍すると自分で冷凍しておきながら何かわからなくなるのです。カチコチに凍ってしまうとわかりにくいので、わかるようにとゴムを巻いてみても入れ方を変えてみても、時間がたつと、あれ？　何これ？　となってしまうのです。

それでもあんなに苦労したことも毎日頑張って挑戦していたらどんどん慣れていき、いつの日か気づいたら解決しているので、自分でも驚きです。

失敗してもあきらめさえしなければ、それはうまくなっていく事につながっていきました。

簡単なはずのお米の水加減も初めは大変でしたが、毎日色々と私なりに工夫したので、今ではすんなり出来るようになっています。

そんな感じで一つ一つのことが、初めは大変でしたが、堀内先生のいろんな工夫の仕方を思い出しながら、とにかく毎日頑張りました。

ただただ工夫をしてこれができないのなら、じゃあ私ならばどういう風にしたらいいかなぁ？　と考えればいいだけなのでした。

それでもだめなら次の方法を考えればいいだけなのです。

幸いなことに私の一番好きな言葉が、《努力と忍耐》なのです。

それは努力なくして忍耐力つかずという意味です。

なんだか努力というとすごく頑張らなくてはいけないことのように聞こえてしんどそうなイメージがありますが、そうではなく、つまり楽しいことや楽しくなっていく事に全力で力を出すということです。

ただ単に楽しい事にエネルギーを集中する。

そうやって力を出している時は夢中で頑張っている時なのです。

やがて一生懸命になって努力していると、忍耐力が自然に身についています。

楽しんでする努力は忍耐力がついてくるのでいくらでも出来るのです。

だから昔から私の中では努力というのは楽しいことだったのです。

それとよく人に聞かれた事ですが、なんでこれがニンジンとかジャガイモとか玉ネギとかすぐにわかるの？　と不思議みたいでした。

しかしそんなことは触ったら誰でもすぐにわかる、何もすごいことなどは全然なくてただの慣れなのです。

それなりの工夫はたくさんあるのですが、なによりも一番は、ヤル気！　ただそれだけでした。

その頃は、とにかく主婦になることが課題だったので練習あるのみで、ヘルパーさんに作ってもらえば楽なのですがそれでは甘えてしまい何もできなくなっていたはず。

それでもまだまだ失敗は当然何度もありました。

だし巻き卵一つにしてもついつい見えていた時の感覚ですると、小さい卵焼き器にボウルから流し入れるのが難しく、よくあれれ？　こんなに小さなだし巻き卵になったけど、なんで？　と周りを触るとそこら中、卵でベタベタ。

すると次からは、ボウルからおはしをつたわせて近づけてそーっと入れるのです。手の感覚で入ったのがわかるようになり、あとはどれだけきれいな卵焼きを作るかの勝負。

そんなこんなで毎日がピンチはチャンスの繰り返し！

ピンチがくればくるほど、うまく出来るようになるためのチャンスだったのです。

それに人間は困ったことが起きたら、どうにでもなっていく力がちゃんと備わっているというのは本当のようです。

初めはそんなに大変だった料理も、見えなくなったおかげでイメージ力がどんどんついていったのは確かです。

見えていたときの方が、このメニューの材料はこれとか、あの料理はどうやって作るのだっけと、わからない事はすぐレシピを確認。

ところが想像の世界で生きている私は、想像するのです。

とにかくイメージ力なのです。

こっそり母親や姉に電話をかけて聞いては、今までの記憶を思い出しいろいろ合体してイメージするのです。

それにテレビで美味しそうーと聞こえると、何、何？　何がー？

外食したときも、この味付けはいったい何？　さらに見た目はどんな風なのかしらと、見えない分とにかく想像して私流にイメージをしながら、どんどん頭にインプットしていくのです。

そう、今までのように見て盗むということから代わって、今は食べて触って身体で感じていいところだけを盗むのです。

そんな風に食事をしていると結構周りはヒントだらけだったのでどんどん想像力は発達。

たとえばこういう味にしたい、じゃあどうするかと考え、さらにきれいに美味しそうに出来上がっている様子をイメージ。

すると、自然に美味しいものを作ろうと味覚がメキメキと活躍して、すごい事に思ったとおりに出来上がるのです。

もう、ここまできたら完全に念力です。

きっと私のそんな思いが、食材たちに伝わるのだろうなぁと思います。

よく料理は愛情と言いますが、食べてくれる人だけでなく、私の場合は人より失敗する恐れが多いため、決して材料を無駄にしないためにもみんなに美味しくなってくれるようにお願いしては大切に食材たちに愛を込めて作っています。

第3部　復活

8章　ジムおじさん

結婚して引っ越したことにより、今まで通っていた命の恩人の鍼灸院には残念ですがもう行けなくなってしまいました。

そして次に通うことになった近所の鍼灸院が、今まで聞いた事がないようなありえないぐらいの恐ろしい針地獄だったのです。

まだまだいろんなことを受け入れる事ができずにもがき苦しんでいた私は、みるみる内に弱っていきました。

なぜかそんな悪夢のような針地獄に十カ月も通ったのですが、その頃の私の姿は痛みに耐えすぎて、もうボロボロでひどいものでした。

毎日苦痛だったそんな恐怖の鍼灸院から解放されたら、何かが目覚めたかのように、私の体は変身して面白いぐらいに元気が出てきました。

そういえばいつも誰かが何とかしてくれる、なんだかみんなに甘えてばかり、そうか！　これはきっと今まで私は人やものに頼りすぎなのだ、自分自身でなんとか頑張らなければいけないのだ！　と気づいたのです。

そのころ、知り合いの人にジムのことを教えてもらいました。

元々が筋肉質だったのかすぐにムキムキと鍛えられていったのですが、薬をやめて身体が嫌がっている針もやめて人間に必要な筋肉をつけることがどんなことをするよりも一番体が喜んでいるのだと改めて実感しました。

あの針地獄に通っていたダークでどんよりだった時とはまるで別人のよう。それが証拠に、エイエイ！　とマシーンで鍛えていたら突然知らないおじさんに声をかけられたのです。

しかしそれはナンパとは少し違っていて、

「あんたええ筋肉しとるな！　あんたボディビルダーにならんか！」

となんと、ボディビルの世界へ誘われたのです。

初めはあまりにも耳を疑う言葉だったので、驚きのあまり思わずこけそうになりましたが、どうやら冗談ではないという事がおじさんのそれからの行動で明らかに。

そのおじさんは私を見つけては横に来て、

「違う違う、腹筋を鍛えるのはもっとこうするんや、呼吸はもっとこうするんや」

「いい筋肉を作るのにはこれをこのように食べたらいいぞぉ」

などなど、ボディビルの道へのいろいろなアドバイスをしてくれるのです。

それにあいさつは一切なく、いきなり声がしてもっとこうしたほうがいい！　とかあれこれ突然言われたらビックリしそうなものですが、なぜかその頃にはすっかりおじさんが近くで見ている事が当たり前になっていて、誰もそのおじさんを怪しいと疑う人はいませんでした。

このあとに起こる凄い出来事なんて知る由もない私は、おじさんの教えを何でも「はい」と聞いて頑張っていたのです。

すると素直に言う事を聞いたおかげでさらにいい感じの身体になってきたらしいのです。

しかしながら、そこにはどうしてもおじさんの望みをかなえるべき道に進もうとしない私がいたのです。

それでも私を、ボディビルダーにすることをなかなかあきらめきれなかったのか、

「大会に出て優勝したら百万円やぞ！　全身にオイルぬってピカピカに光ってかっこいいぞ！」

と言っては、

「なんでや！　なんでそんなに嫌がるんや？」

と何度も聞かれたのです。

気持ちは有り難かったのですが、オイルでピカピカというのだけはちょっぴり魅力的ではありますが、しかしビキニでしかもあのポーズをとっているあの姿、あれだけは、あの格好だけは、私には絶対ムリでした。

このジムに通いだした時から私の世界がどんどん変わり始めました。

きっと無意識のうちに、今までの暗くて重いマイナスの世界から何とかして抜け出そうと勇気を振り絞っていたのだろうなぁ！　と思っています。

自分の身体を変える事が出来るのはやっぱり自分でしかないんだぁ！　という事がよくわかったちょっと不思議なジムでした。

9章　ど根性ダンス

そんなこんなで楽しくジムに通っていたある日バスに乗っていたら、またまた知らないおじさんに声をかけられたのです。

「あんた目が見えないんか、それならダンスせえへんか？」

と、なんと今度はダンスの勧誘でした。

ジムでのこともありおじさんに声をかけられることには慣れていたのですが、なぜおじさんなのか、それだけが今だになぞではありますが。

不思議なことにそのおじさんはダンスの教室の生徒ではないのに、なぜかチラシまで持っていて必死で誘ってくれるのです。

今から思えば神様からのメッセンジャーの一人で、どちらかと言うと、

「おぉ～！　やっとここまでたどりつけたか～！」

とでも言いたかったのではないのかしら⁉　と思うのですが、さすがにそうとは言えないので、

「頼むからさぁ～見学だけでもいいからさぁ～一度覗くだけでもいいから行ってみてよ～！」

と何度もお願いされたのです。

そこまで言われたら、

「じゃあちょっとだけ」

とジムでの事があったのでまた断るのも悪いなぁと思い、恐る恐る覗きにいったのがダンスとの出会いの始まりでした。

まさか社交ダンスを習う日がくるとは夢にも思いませんでした。しかも、真っ暗闇の中でです。

そこは視覚障害の人と健常者が一緒に踊っている教室なのですが、体験レッスンで何が

何かわからないままリードされるがままについていっていたのですが、普段はふらふら歩いている私がクルクルと回っていることにすごく感動を覚えたのです。

なんだか別世界にきたようなすごく新鮮で開放感があり、

「こ、これはちょっと楽しそう～!!」

そんなうっとりしている私の事を絶対見逃すまいと言わんばかりに、

「見えていても見えなくても一緒なのよ！　見えていないほうが身体で覚えるから上手くなるのも早いのよ！」

という優しい先生の言葉に、

「へぇ～そうなのですかぁ～」

と思わず気軽に入会してしまいました。

楽しくみんなでわいわいとのんびりほのぼのとしたあこがれのサークルをイメージしていた私は、大きな間違いをしてしまいました。

それは発表会に出るために猛特訓の日々で、絶対に生半可な気持ちでは続かないと有名な、ど根性サークルだったのです。

入った時にはたくさんいたのにみんな脱落してやめていき、残ったのは視覚障害者だけ。

当時は一つ一つのステップを覚えるどころか、一体どうなっている動きなのかを理解することが何よりも大変でした。

口で説明されただけではわからないので、先生の体中を手で触りまくっては「あぁ、こういうことなのかぁ」と、それでもわからないステップは先生の足首を持って付いて行き、イメージして理解しては体にたたきこんだのです。

ワルツにルンバにタンゴにといろんな種目がふえていくので、それはもう毎日必死でした。

ジムで鍛えていなかったらあそこまで頑張れていなかったと思うので、ボディビルに誘われるぐらいの立派な筋肉をつけていて本当によかった！

絶対的にあのジムで強い精神力が養われていたと思うので、どんなスパルタにもなんとかかんとか耐えることができたのだろうなぁ！　と心からそう思います。

これでもかー！　というくらい一生懸命にやっても思ったようにできないと、どこからかバシッ！　と愛の痛いムチが飛んでくるのです。

そう、先生は怖いと巷《ちまた》では有名だったらしいのです。

すっかり褒め上手の堀内先生のおかげで褒められ好きになっていた私は、まさか大人になってこんなにも人に怒られるとは思いませんでしたが、あの時はあれぐらいの厳しさが私には必要だったのだろうと思います。

これから先もいろんなことが待っているので、おかげ様で強い忍耐力をどんどんつけていくことができたのは確かです。

あそこまで細かくきっちりと教えてくれてしかも見えない人に理解させられるのは、あの先生ぐらいだと私は思います。

それに何の知識も、経験も、リズム感もない、そんな何もない私に教えるのは本当に大変だっただろうなぁとつくづく思います。

今から思っても本当に素晴らしい先生でした。

こんな私が、なんと六回もの発表会に出させてもらえたのですから、本当に感謝の気持ちでいっぱいです。

初めての発表会はガチガチでどう見てもおかしなダンスだったのですが、会場に見に来てくれていた私の家族は、

「良かったよ！　すごく上手やったよ！」

と言ってくれながら、みんな声を出さず泣いていました。

家族の優しさが痛いほど伝わり、そんなみんなの態度が私にとっては最高の贈り物でした。

あぁなんて家族ってこんなにも温かいのだろうと、私の方も嬉しくて言葉にできず胸がいっぱいに。

その夜嬉しそうにクルクル回っている私の踊っている姿をビデオで見た真二さんは、な

ぜか何も言ってくれません。

「あれ？　どうしたの～？」

なんと真二さんも声に出さず泣いていたのです。

そうやって発表会に出る度に少しずつ自信が出てきたのか調子に乗ってきたのか、もっとうまくなってこの先生にも褒めてもらいたいなぁ！　とあろうことか、そのような欲が湧いてきて毎日少しでも時間があれば一人で踊っていました。

堀内先生の手によって褒められるのはとても嬉しくて楽しい！　ということが完全に身体にインプットされてしまっている私の脳は、どうしてもうまくなりたかったようなのです。

人間慣れると度胸もついてくるので、舞台で踊るなんて！　と初めは震えたものですが、何回目からかまるで女優にでもなったかのように、

「みんな私を見て！」

と言わんばかりに最高の笑顔で楽しんでいたから自分でもビックリでした。

逆に見えていたらもっと緊張もしたのだろうなぁと思うのですが、何せ何にも見えないので、これが本当の私だけの世界。

そう、この笑顔で踊っていた発表会の帰りに、後にも先にも一度だけ、褒めてもらえたのです。

「いい笑顔だったわよ！」

10章　どんより受験生

常に今出来ることを一生懸命しようと、どんなときでも全力投球！

今から思えば、逆にそれが余計なことを考えるすきを与えなかったのだろうなぁと思います。

明けても暮れてもダンス三昧でかなり楽しい毎日を送っていたのですが、ふと、

「あれ？　私こんなことしていていいのかなぁ？」

と思ったのです。

ここまでくるのに本当にたくさんの人に助けてもらいあんなに心配もかけたのに、私だけこんなに遊んでいていいのかしら？　と思いだしたのです。

みんなは、

「真由美ちゃんが元気でいつも笑ってくれているだけでいいよ、みんなはそれだけで嬉しいよ」

と言ってくれるのですが、私にはそんなかわいらしい時代はもうとっくに過ぎ去ってしまったような気がしたのです。

こんなにたくさんの人に助けてもらったのだから、私も何か人の役に立ちたいなぁ！　と思うようになり、さらにもし一人になっても自分の力で生きていくことが出来るようになっとかなくてはいけないわ！　とも思うようになったのです。

そこまでたくましく強い精神力を身につけていたとは、本当にダンスのおかげなのです。

あれこれと考えたのですが、やはりまずは盲学校に行こうと思ったのです。

盲学校に行って鍼灸師になって、私のように苦しんでいる人を助けたいなぁ！　と、入退院を繰り返していた頃、薬漬けだった私を助けてくれていろんな事を気づかせてくれた鍼灸院の先生のようになって、薬じゃなく自然の力で自然に元気にすることが出来る人になれたらどんなにいいかなぁ！　と思ったのです。

それから想像もしない、目が見えなくなってから一番何よりも苦しい日々がやってきたのです。

盲学校に行くには高校二年生ぐらいまでの勉強内容で、しかも想像以上にハイレベルの、そんな厳しい受験が待っているとは全然知らなかったのです。

今から思っても、あの事が今まででダントツ一番苦労したことでした。

特に数学が苦手で、あれだけは丸暗記しても意味がないよなぁとあきらめていたのですが、まさか今になって勉強することになるとは。

人間逃げていてもいつかはその事と戦わなければいけないときがくる！　というのは、

どうやら本当だったんだわ！　と思いました。今だにさらさらとメモをとれない私は、教えてもらったことを頭に叩き込んであとから一人でパソコンに入力して勉強し直すのですが、とても時間がかかる上にそのやり方は想像以上に大変でした。

だから、

「あの頃が一番しんどそうやったで！」

と、みんなが口をそろえて言うくらい私の人相はどんどん悪くなり私から出ている空気はどんより、もしオーラというもので表すのなら、その色は真っ黒。

きっと周りのみんなは、

「もうやめといたら？」

と言いたくてしょうがなかったのだろうと思います。

しかしながらなぜか誰も止めてはくれなかったので、私の選択は間違えていないのよ！と無理やりでも信じるほかありませんでした。

神様がそんな私の頑張りを認めてくれたのか、それとも見ていられなくなったのか、

「よう頑張った、もういいよ」

というかのような嬉しいお許しが出たのです。

第4部　使命

11章　沖縄に呼ばれる

そんなある日のこと、姉の知り合いが、

「沖縄にすごいスピリチュアルな人がいる、その人ならあなたを助けてくれるかもしれない」と言って松田先生を紹介してくれたのです。

よくわからないのですが、今まで生きてきて一度も沖縄に行ったことがない。

これは何かある！　沖縄に呼ばれている！　その話を聞いた瞬間ビビビッときました。

すぐに電話をかけて今の状況などを必死でしゃべっていたので、心が舞い上がりすぎたせいもあり、内容はあまり覚えていないのですが、

「あなたには使命がある。どうやら盲学校ではないようね」

とまさかの言葉を言われ疑う余地もなく、

「あぁー助かるかも！　いや、もう助かったぞぉー！」と心の中で何かが震え上がったの

を今でも覚えています。

そんな気持ちで聞いていたので激しくうろたえている事がバレたのか、

「あなたのお役に立てるという声が聞こえるから、本気なら沖縄にきなさい。でも冷やかしでこられては困ります」

と言われたのです。

一体これは何事かなぁ？　と理解するのに少し時間はかかりましたが、気づけば二日後には沖縄にいて、松田先生と私たち三人はお話ししていました。

「お姉さんも一緒に来たほうがいいみたいね」

と言われたので、なんとか仕事を休んでもらい姉にも一緒に行ってもらったのですが、いつも心配してくれて私を支え続けてくれ、どんな時も力になってくれていたので、沖縄に一緒に行ってほしいとお願いした時もすぐにオッケーしてくれました。

真二さんも普段なら無理なのに急に三日も仕事を休んでくれて、連れて行ってくれたのです。

あんなにも急な出来事だったのに、何もかもがうまく整えられていったのです。今から思ってもやっぱりありえない！　と思ってしまいます。

今までいろいろな出来事があったのですが、この沖縄から明らかに私は変わっていきました。

私流にいろんな事を想像していたのですが、今までとはかなり違う別世界だったのです。

「私は宇宙から声が聞こえるからそれをあなたに伝えるだけよ」

と言いながら、次から次に話してもいないことを見事に言い当てていくのです。

そして、

「今あなたがしんどいのは、マブヤーが抜けているからだよ」と言ってマブヤーを入れていってくれたのです。

マブヤーというのは沖縄で魂のことなのですが、私の身体から抜けてどこかに行ってしまっているのだと言われました。

いろいろなマブヤーがあり何個かは見つからないらしいのですが、目が悪くなってから生きているのか死んでいるのかよくわからないような、時折変な感じがしていたのはそのせいだったのかぁ！　と納得できてよかったのです。

「あなたは針を恐れている。だから鍼灸の道に行ってはだめ。過去性で、とがったものでさされていて針におびえているわ。あなたはカウンセラーが向いているのでカウンセラーになりなさい」

と言われたのです。

バシッ！　と言い当てられビックリ仰天でした。

そうなのです、私はとっても針がこわいのです。

子供の時の恐ろしいほどの点滴の針や、免疫抑制剤の自己注射の針や、極め付けの針地獄の悪夢や、それともう一つ二十二歳の頃友達とよく服を作っていた時の悲劇。

その時はワンピースを縫っていたのですが、ミシンで親指まで縫ってしまい、さすがに骨は縫えなかったらしく針のほうが折れてしまって、病院で先生に、

「ワンピースは縫っていいけど、指は縫ったらあかんよ！」と笑われた事もあり、本当に針が怖いのです。

そんなに針が大嫌いな私が、どう頑張ってみても人に針を打てるわけなんてないのです。

きっともしか万が一鍼灸師になれたとしても今度は、

「人に針を打つなんてー！　そんなひどいこと、やっぱり私にはできないー！」

と言いながらきっと鬱になりもっと悲惨な事になっていただろうなぁと思います。

それでもなんとかして鍼灸師になったとしても実はその先はアロマの仕事をやりたいと密かに思っていたことを告げると、

「では盲学校に行かずすぐにアロマの学校に行きなさい！　盲学校に行く三年間は必要ないですよ」

と言われたのです。

人を癒しながらさらに身体を美しくする事が出来るというアロマにとても興味があり、まだ美容師魂は抜けていなかったので、最終、美容の世界に戻れたらいいなぁ！　と密かに思いながら、そうだ、決して望みは捨ててはいけないわ！　と、ホームページで受験勉強の合間にこっそりいろいろと調べていたのです。

その時夢中で見ていたアイナという学校がなぜかすごく気になってしょうがなかったのです。

その「トータルヒーリングスクール　アイナ」というのは、アロマやカイロヒーリングやフットリフレクソロジー、リンパドレナージュなどいろいろあり、それに何より今までとは違う、別世界のことがいろいろ書いてあるのです。

どんどんひかれていき、もう気づけばすっかり私の意識はその学校に釘付け。

すごくアイナが気になることを伝えると、私の知り合いなので紹介してあげるわと言って、なんと後日連れて行ってくれることになったのです。

その話を聞きながら真二さんと姉はそれぞれ何かほっとしているようでした。

長いセッションの後、先生と四人でご飯を食べに行ったのですが、沖縄料理を食べたことがなかった私にいろんな事を教えてくれました。

本当に何を食べてもおいしいので感動しながらたくさん食べて飲んで。

なのになんとまさかの居眠りを、というより、まじに寝てしまったのです。

きっとあれは今までの疲れがどっと出すぎて、究極の魂の癒しが起こっていたのだろうなぁと思います。

次の日、先生と真二さんと三人で、今私に抜けているマブヤーを集めに行こうといろいろなところに連れていってくれたのです。

知らなかった沖縄の話も私たちにたくさん教えてくれながら、何箇所かのパワースポットに連れていってくれて三人で何度も拝みました。

それからアイナに電話をかけてくれたのです。

その日は水曜日で休校日だったのに偶然にも、先生は用事で朝から一人で学校にきていたのです。

休日にもかかわらず、突然の訪問客の私たちを快く迎えてくれました。

それが宮城先生との出会いでした。

松田先生は私のことを宮城先生に、今までのいきさつをざっと説明してから、私をなんとかしてこの学校に入れてくれるように頼んでくれたのです。

私が美容師だったこともあり、

「見えない分、手の感覚はすぐれているだろうから大丈夫ですよ」

とすぐにオッケーしてくれたのです。

「過去に一度県外からの生徒さんがホテルに泊まりながら通ったことがあるので大丈夫で

しょう」

といたって普通なのです。

まるで私の目が見えていないことなんかは気にも留めていない様子どころか、本当にわかっているのかしら？　と思うほど。

そんな先生に、驚き半分嬉しさ半分でしたが、その時私には、

「絶対ここにきて学ぶべき！　しかも私には絶対に出来る！」

という自分でもびっくりするような強い自信がムクムク！　と湧いてきたのです。

それから私たちは松田先生とは違う、今度は私の魂に直接聞いていくというオーラリーディングというセッションを受けました。

そこでもまたまた不思議な世界を知り、びっくりさせられっぱなし。

今まで考えた事もない私の過去性というものをいろいろ知ることができ、なんとなくですが、何かがわかり始めたような気がしたのを覚えています。

魂は何度も生まれ変わっているというのはわかりますが、私は百八十回、なんと真二さんは四百回。

海から上がってきた何らかの生物から数えたら、魂はそれくらい生まれ変わっているらしいのです。

魂はいろいろな時代や性別を経験して何度も生まれ変わり、成長しながら、そしてやっ

と今この私の身体なのかぁ！　と思うと、なんともいえないようなすごく神秘的で感動的な話でした。

それから松田先生と宮城先生がそれぞれの世界を私たちに教えてくれ、夢中で聞いていたら、気がつけば夜の十時を回っていてみんなびっくり。

ホテルで松田先生と別れたときはもう十二時前に。

それにしても朝から夜遅くまで私たちに付き合ってくれて、本当に感謝の気持ちでいっぱいでした。

初めて会った私たちに驚くほど親切にしてくれたのですが、これは沖縄だからなのかしら？

あのふんわりして柔らかい空気の中に毎日いればみんな穏やかで温かくなると思いますが、私は日本中の人が沖縄の人のように優しくて温かくなって、そして日本全体が沖縄のように明るくて穏やかになれば、みんながほっこりしてきて元気になるのになあといつも思っています。

陽の気につつまれた南国沖縄には神秘的な人が多いとは聞いていましたが、確かに身体からフワフワとあふれ出ているもの全てが温かいのです。

だからこんなに口から出てくる言葉も穏やかで優しいのだろうなぁ！　と思いました。

なんだか今まで出会ってきた人たちとは、何かがちがうのです。

温かい人というのは、近くにいるだけで癒されるのだ！　という事がよくわかり、この時、いつか私も絶対この二人のような人間になりたい！　と本気で思いました。

12章　盲目のセラピスト

優しいお二人に出会えた喜びを胸にかみしめながら大阪に帰ってきて、盲学校には行かなくなったことを、今まで応援してくれていた人たちに告げると、なぜかみんなもほっとしているようでした。

それから私は受験勉強から解放されたからか、沖縄でいろいろ体験したからか、すごく元気が出てきて動きだしました。

いつも思い立ったら即行動に移してしまう単純な私なので、すぐにでもアイナに飛んで行きたかったのですが、さすがに長期間沖縄に一人で行くわけにはいかないので、美容師のときからずっと仲良しの奈美ちゃんを誘ってみたのです。

奈美ちゃんが沖縄好きで何度も行っているのを知っていたのと、アロマに興味があると話していたので、これはもしかして！　と思い誘ってみたら、嬉しいことにぜひ行きたいとなり、あっという間にメンバーがそろったのです。

しかし奈美ちゃんの仕事の都合で、さすがに今回はすぐには行けませんでした。

その間八カ月あったので、松田先生に言われたのを思い出し、「そうだ、まずはカウンセラーになろう！　私だからこそ出来る、盲目のセラピストになって誰かに勇気を与えられるように頑張ろう！」と思い立ちすぐに学校を探していると、姉にいい感じの学校があるよと教えてもらいました。

これもきっと宇宙からのメッセージ。

不安もありましたがすぐに電話をかけて私の目のことを伝えると、「大丈夫ですよ、見えない人が入学したという事例はないですが、自分の弟は車椅子ですがカウンセラーになって活躍しているので、何も気にせずいらしてください」

今度も最高にいい先生が待っていてくれたのです。

さすが心理学の先生だけあって、かなり優しくて、なんと教科書の見えない私のために、いろいろな資料にモコモコペンで色を塗ってくれていたのです。

モコモコペンというのは書いた所にドライヤーで熱をあてると書いたものがモコモコと浮き出てくるペンのことです。

先生なりに考えてくれていて、それを渡された時は嬉しくて感動の嵐でした。

心理学には絵がよく出てくるのですが、先生がモコモコペンで塗りつぶしてくれていた、モコモコと浮き出ている絵を手で触りながら、みんなと同じように勉強することができたのです。

授業もとてもおもしろく、カウンセラーってすごくいい仕事だなぁ！　とどんどん魅かれていきました。

自分ひとりでは、どうすることもできない事ってきっと誰にでもあると思うのです。人間、助言されても自分自身が気づかない限り、絶対に変われないものなのだなぁという事がよくわかりました。

そうして心理学を勉強していくうちに、私自身の心の中もどんどん変わっていくのがわかり、本当にいい経験でした。

教科書を見られない私は、音声読み上げソフトを使って声を頼りに全てパソコンに入力して、それを聞きながら勉強するのです。パソコンは見えなくなってから始めました。どんより受験生だったころに必死で覚えたのですが、やっとここであの苦労した意味がやってきたのです。

実はあまりの苦しさにこれにも本当に意味があるのだろうか？　と弱りすぎたために密かに疑いをかけてしまった事もあったのですが、ここに来て見事に発揮されたので、あぁあの勉強法も無駄じゃなかったのだぁ！　とほっと一安心。

一生懸命に頑張っていれば必ず後からその意味がわかるので、無駄な事なんて何一つなく、全ては上手くいっている。実は苦労に見えて苦労ではないのだろうなぁと私はいつも思っています。

13章　ミラクルアイナ

あと二カ月でアイナへ出発だという時に、母親が脳梗塞で倒れてしまいました。

大好きな母がベッドで寝ている姿を見て、辛くてたまりませんでしたが、今まで私が何度も入院するたびに、みんなにこんな辛い思いをさせていたのだと初めて気づき、申し訳ない気持ちやら何やら、いろんなことが混ざり合ってかなりのショックでした。

ですが嬉しいことに手術は大成功だったので、後はなんとかなるだろうとみんなを信じ、私は行かなければと、目に見えない大きな何かに引っ張られるような感覚がして、ついに予定通りの日に沖縄に旅立ちました。

いよいよ待ちに待ったコンドミニアム型のマンションを借りての、沖縄での新生活がスタートしたのです。

美容師時代に奈美ちゃんと、マンションを借りて暮らしていた意味がここでメキメキと発揮されたのです。

もしあの生活がなければ、全く目の見えない人と、しかも慣れない場所で暮らすとなると、お互い不安もあるはずですが、全然そのことは問題にはなりませんでした。

ただひとつ困った事といえば、なぜかトースターがなかったということぐらい、何でもそろっているのに……です。

それは後にフライパンでパンを焼く、私たちの腕が上がることとなっていくのです。

それと、これも驚く話ですが、年に三回沖縄に行っている奈美ちゃんはなんとアイナがある読谷村《よみたんそん》が大好きだったのです。

だからもう五年くらいの間、ずっと読谷村に行っているのだという事は私が奈美ちゃんに、アイナ行きの話を持ちかけた時に、初めて知ったのです。

お互いに、

「え！　ほんまにほんまに読谷村⁉」

と何度も感嘆の声を上げ、奈美ちゃん自身も大喜び。

自然が多く穏やかな空気に満ち溢れている読谷村に住めることが、何より嬉しかったそうなのです。

きっとこの日が来るという事がわかっていたから長年かけて下見をしていたのだろうねぇ！　とはたまたビックリ仰天でした。

そのおかげで先生は、

「マンションからアイナまで、十分くらいなので歩けるから大丈夫」

と軽く言うのでそこに決めたのですが。

しかしながら私たちの足では、どれだけ頑張っても余裕で三十分以上はかかり、私の手を引いて歩いて通学できたのは、読谷村を全て知り尽くした奈美ちゃんだからこそできた話だったのです。

それにしてもあのアイナまでの道のりは長かったけれど、私の手を引きながらなので本当はかなり大変だったはずなのに、毎日私と一緒に最後までよく乗り越えてくれたものです。

本当に感謝の一言です。

なぜか最後まで車やタクシーを使おうとはせず、五月の沖縄は湿度が高く、到着したころにはもう汗だくでヘトヘト。

その読谷村にあるアイナでの授業の始まりです。

やっといろいろな手続きも終わり、さあ、いよいよ授業という時に、授業を録音しようと思って持ってきていた器械が壊れたのです。

授業を録音しても良いですよ、と言われていたので、すっかり安心していた私はまさかの出来事でした。

その器械というのは盲人用の特殊なものなので、誰にもどうすることもできず、信じられない気持ちでいっぱいでしたが、録音する事はあきらめざるをえなかったのです。

ところが結局はそれがよかったのです。

録音してまた帰ってからゆっくり覚えていったらいいよねぇ！　とその器械に頼っていたのですが、もう頼れないと思ってからは心を切り替えて得意の丸暗記。

そうなのです、体に叩き込んで体で覚えるということだけは、私の唯一の特技だったのです。

しかし、普通なら何カ月もかかって勉強することを、短期間に集中したかなりのハードなスケジュールだったので、想像をはるかに超える毎日でした。

朝から晩までぎっしり勉強し、終わったらまた歩いて三十分。

行く前から、

「しんどかったら毎日でも外食しようね」

と軽く考えていたのですが、これが外で食べるほうがしんどいのです。

いろんな事を詰め込みすぎて頭の中はもう限界、その頭でフラフラになりながら二人で簡単なものを作り、何とかご飯を食べた後は、予習と復習が待っているという日々でした。

そして初めての授業から、私たち大阪人は何かしてもらったら、

「すみませーん！」

もちろん謝っているわけではなく、なぜかなんとなく言ってしまうのです。

親切にして頂いたら、

「すみませーん！」

何かもらっても「すみませーん！」がついつい先に出てくるのです。

きっと初日で緊張していたのもあるのでしょうが、無意識にすみませんの嵐だったのだと思います。

「すみませんはもうやめて、今からはありがとうに換えましょう！」

と言われたのです。

やたらとすみませーんと言う私たちがおかしかったのだろうなぁと思います。

確かにそうだなぁ！　と思い、つい癖のように言ってしまう自分が恥ずかしくなりました。

あんなに〈ありがとうの奇跡〉の話を鍼灸院の先生に教えてもらって知っていたのに、なかなか思っていてもついついつい、すみませんのほうが言いやすくなっているのか、言ったほうが謙遜しているような気がするのか、もう無意識すぎてわからないのです。

あぁ、なるほどなるほど！　と思い、そのことを初めに言われてからはもう、ありがとうの連発でした。

それから先生は授業以外のことを休憩時間にたくさん教えてくれました。

まずは、アファメイションの話でした。

人間は口に出して宣言したとおりになっていくので、どんなことでも先になりたい自分を言い切るというものでした。

苦手なことは、出来ないではなく、出来ると言い換えるのです。

私たちがつい、

「うわぁー難しそうー！」

なんて事を言うと、

「難しくない、簡単！」

とその場ですぐに先生は私たちに言い換えさせるのです。

常識こそが非常識ですよと言いながら、次から次にとマイナスな言葉をプラスに言い換えていくのです。

それに先生は私たちが失敗しても決して怒らない、それどころか少しでもできたら上等上等！　と認めて褒めてくれるのです。

あぁこの感覚、これこれ、これは褒め上手の堀内先生ではないかぁ〜！

その日の午後に、

「これから、激しいスケジュールが待っているのですが、録音もできなくなったので、自分の能力の限界を超すためにみんなでアファメイションをしましょう！」

と先生に言われるままに、

「私は天才でーす！」

と驚き半分恥ずかしさ半分といったようなちょっぴり遠慮がちな私たちのアファメイションが生まれたのです。

その日はもう一人の先生もお休みだったので、学校には私たち三人だけ。もしかしたら誰かに見られていたらちょっとやばい光景だったのかもしれませんが、恥ずかしいのを乗り越えたら案外気持ちよくなってきて、大きな声で何度も何度も私は天才です！　とアファメイションしました。

それからというもの、ビックリするくらいの、ありえないような自分の能力以上の才能が本当に発揮されていったのです。

そうやってそんなこんなの私たちのミラクルな授業は始まったのでした。

すぐにいろいろなことにも慣れ、まずは奈美ちゃんが実技で、私がモデルになり、私は教科書が見られない分、二人のやり取りを聞きながら、手の動きを身体で感じ取って理解しながら覚えるのです。

あれはかなりの集中力で、一言も聞きのがすまい！　と、体中が目と耳になったような感覚でした。

そして身体で感じ取ったことや先生の手取り足取りで、なんとか一つずつクリアしていけたのです。

次の日からはひろみ先生の登場ですが、宮城先生と同じで、このひろみ先生もとてもおおらかで、最高でした。

またこの先生もかなり褒め上手で、大して面白い事を言ったわけでもないのに、私たちの言うこと言うこと、

「おかしいーおかしいー！」

と言って笑ってくれるのです。

たぶん大阪人が珍しかったのと、大阪の人はみんな面白い！　というイメージだったのだろうなぁと思いますが。

そうしてひろみ先生が加わり四人での授業はかなり楽しいものになっていきました。

あっという間に初めの頃の緊張感は飛んでいき、マイナス言葉はプラスに言い換えられ、そこはすっかりアイナワールドでした。

「受け取り上手になりなさい！」

と言われていた私たちは、今までなら褒められても謙遜して、

「いえ、そんなことないですよぉ～」

と言っていたのですが、何を言われても次の瞬間から、

「わーいわーい！　ありがとうございます！」

と大喜びしていました。

けれどそのほうが比べものにならないくらい自分自身楽しいのですが、周りから見ても気持ちがいいなぁという事に気がついたのです。

それに考えたら否定するなんて、なんて自分にひどい事をしていたのだろうなぁと思いました。

そんなこんなでみんなどんどん元気になっていき、「私は天才です」に加えて、「私は自分が大好きです」も加わり、毎日みんなでアファメイションから始まるので、もはやマイナスな言葉は誰も言わなくなっていたのです。

それと、アイナの人たちは、今まで見た事がないくらいにかなりの休憩上手でした。やる時は必死で頑張るが、それ以上に休憩にとても力を入れているのです。

何せお茶と甘いものが大好きで、いつもコーヒーやお菓子、ハーブティーにケーキと、とても楽しんでいるのです。

「いい仕事はいい休憩からですよ～！」

と言っては、

「休憩上手になりなさい！」

といつも私たちを楽しませてくれました。

きっとあれがあったから、あんなに授業では集中できたのだろうなぁ！　と思います。

人間には癒しはとても必要な事！　と言って、休日には朝から晩まで私たちを遊びに連れて行ってくれました。

その時の忘れもしない出来事があるのです。

朝からいろんなところをめぐってから、ついに宇宙に一番近いところなのだよ、という三百六十度沖縄を見渡せる秘密の展望台に登ったのです。

そこにはとても温かくて優しい風が吹いているので、あまりにも気持ちよくてみんなでコーヒーを飲みながらうっとりしていたら、そこでまさかまさかの、例のアファメイションが始まったのです。

アロマオイルの匂いをかぎながら最初に瞑想をし、心の中を無にしてから始まったのです。

「私は天才でーす！」

と宇宙に届くように三人で何度も大声で叫んだのです。

恥ずかしいとか言っている場合ではなかったのか、みんなそれぞれ心の底から一刻も早く天才になりたかったのか、それは誰にもわかりませんが、

「私は天才でーす、私は天才でーす」

と何度も叫んでいました。

なのであの時きっと私たちの声がうるさいぐらいに届いたのだと思います。

さすがの神様も、

『はいはい！　わかったよ！　もうわかったから！　あんたらは天才やよ！』

と認めるしかなかったのだろうなぁと思います。

それからの私たちは、天才になったとしか思えないような、すごいスピードでどんどん変化していきました。

さらに自分大好きになることが一番大切だと教えられ、どんどん素直になった私達はヤル気満々に。

なんと先生まで変身してきて、重い考えは古いよ、軽んじるではなく軽く楽しく生きましょうね～！　と言いながら、次は私たちに許す事を教えてくれました。

不安や恐怖、悲しみといった感情は、自分の中のもう一人の自分なだけであり、いわゆるエゴなので、それは本当の自分ではなく、エゴなのだと見抜いたら、あとは〈許す〉のだと。

それを教えてもらってからは、ちょっとでも何かあったら、

「許ーす！」

と、なんでもかんでも許しまくりの日々になりました。

それどころか誰かがマイナスのことを言った日にはみんなが口々に、

「許ーす、許ーす」

もうそこまでいったらなんだか、だんだんおかしくなってきて笑えてくるのです。

とにもかくにも今自分が苦しんでいるのは、自分自身が作り上げてきたもの。そうなると今度は、

「過去の自分を、許ーす！　もうぜーんぶ許ーす！」

すると今まで自分をがちがちに固めていた、いわゆる良くない固定観念というやつは、メキメキと音を立ててはがれ落ちていきました。

もちろん誰にだって嫌な思い出はいくらでもあるものですが、そのことが強く身体を自由にしてくれず、そのマイナスな出来事にエネルギーが向いている。

そんな過去に向けてピーンと張られた思いの糸を、ほどいてあげる。

そして糸をほどいて手放して自由にしてあげる。

すると思いを向けられていた相手も、自然に解放されて楽になるのだと。

あぁなるほど、なるほどということばかり。

なんだかいろいろなことをとても難しく考えすぎていたことに気づいたのです。

今までの辛くてしんどかった自分や、出来ないことを責めてしまっていたこと、許せなかった出来事、目が見えなくなってもう私はみんなとは違うと勝手に決めつけ、自分を否定してしまったこと。

などなど、自分の中にある不安、恐怖、悲しみ、罪悪感といったマイナスな重い考えは、全て許して解放してあげたのです。

そうやって今までの自分から抜け出したら、気持ちいいぐらい新しい事を受け入れる事が出来るようになったのです。

あぁ、今まで私はなんて重い荷物を背負っていたのだろうか、と思うぐらいどんどん軽くなっていくのがわかりました。

それに何よりすごい事に、私がずっと自然の力で自然に病気を治したいとずっと捜し求めていたものがここにはたくさんあり、これだと思うことが次から次へと出てくるのです。

カウンセラーの卒業レポートでも書いたのですが、心と身体の両方を癒さないと病気は治らない。

それはずっとあの入院生活の中で感じていたことなので、何かがどんどん、私の中で次々につながっていきました。

何より感動した事は、アイナのカイロヒーリングは、とても優しく身体のゆがみを治して行くのです。

そのカイロヒーリングとは、肩甲骨にたまっているマイナスのエネルギーを解放するのですが何もかもがやさしくて、あの針地獄とはまるで別世界のように、

「お疲れさま、よく頑張ったね」

と言いながらエネルギーブロックを解放していくのです。

そこはまるで天国のように穏やかな空気に満たされているので、思わず夢のような気分でうっとりと癒されているうちに、これだっー！　と強く思いました。

そうなのです、身体はすごく頑張ったからこそ疲れているので、頑張った自分を褒めてあげて疲れて傷ついたマイナスのエネルギーを出してあげることが一番大切なのだと私は思いました。

決してグリグリ押すことはなく、どんどん癒しのエネルギーを入れていきながら、緊張をゆるめてあげて元の状態に戻していくのですが、アロマのトリートメントにしても、フットリフレクソロジーにしても、痛いことはせずどんどんオーラをよみがえらせていくのです。

それにしても今から考えても本当にすごい勢いではありましたが、二人の先生の力と奈美ちゃんの必死の助けにより全てのカリキュラムをこなし、なんとかかんとかでしたが卒業試験にも受かったのです。

そんなこんなのアイナでの楽しい授業が終わったころには私たちは、すっかり別人のように元気になっていたのです。

それはもうあっという間の一カ月ほどでしたが、アイナとのお別れはとても寂しくて涙涙の卒業式でした。

私はあの時、あのタイミングでアイナに行けて、あのお二人の先生に出会えて、本当に最高に幸せなのです。

今はとても寂しいのですが、アイナはもう閉校してしまったので幻の学園となってしまいました。アイナは私の中では永遠であり、大切な大切な宝物です。

私はミラクルなこのアイナには、感謝しても感謝し切れないのです。

それにしても沖縄から私は本当に多くの光を持ち帰ったので、頭の中はもうパンパンだったのだろうと思います。だからなのか沖縄を出る時もなんだか変な感じでした。

飛行機の中で今まで絶対に寝ることはなかったのに、椅子に座ってから着くまでの記憶が全くないのです。

とても眠っていたとは思えないので、きっとあれは私の初のワープです。

14章　フラワーズ誕生

アイナから現実の世界に戻ってからは、毎日が勉強でした。

驚くことに録音する器械は大阪に帰って来たら、壊れてなどいないことに気づいたのです。

あれはいったい何だったのだろう？　と思うぐらい絶好調なので、あの時はあれで録音できていたら、あんなに面白い授業にはきっとなっていなかったのだろうなぁ！　と心底思います。

沖縄から帰ってきて五カ月もたたないうちに、自宅の一室を改装して私は働く事になったのです。

サロンの名前は一体どうしようかなぁ？　と考えていたら、真二さんに自分につけさせてほしい！　と言われました。

すぐにオッケーしたところ、

「フラワーズにしよう！」

と言われました。

一瞬で気に入り、なんてかわいいのだ！　とすぐに決まりました。

「みんながそれぞれ花だという事に気づいてほしい、そしてみんなの心の中に笑顔の花を咲かせてほしい。さらに世界中をそのきれいな笑顔の花でいっぱいにしてほしい！」

と願いを込めて。

あとはオープンの日を決めるだけだったのですが、それだけは私がどうしても、

「10月4日がいい!!」

10で天、4で使。

そう、「天使の日」にオープンさせたかったのです。

そうして10月4日の天使の日にフラワーズが生まれたのです。

オープン初日に思いがけないくらいたくさんのお花をいただき、あまりにも嬉しすぎて、このときばかりはいろんな事を頑張ってきて本当に良かったぁ！　と感激して涙がウルウル。

最高に幸せで、こんなに多くの人々のおかげでフラワーズは出来上がっていったので、絶対頑張ろう！　と心に強く誓いました。

ずっと肩甲骨の形が天使の羽だと思っていた私は、くっきりと綺麗に天使の羽を浮き立たせることにこだわりました。

［背中にはきれいな光の羽を羽ばたかせ、心にはきれいな笑顔の花を咲かせてほしい］と願いをこめて多くの多くの人々のおかげで、フラワーズは生まれました。

15章　図書館の女神様

アイナに行くことを決めた時から、パソコンでいろいろとアロマについて調べていたのですが、それだけだと不十分だと思い本を借りるようになったのです。

点字図書館でデイジー図書といって、ありがたいことに朗読してくれている朗読図書があります。

日本中にある点字図書館からも探して貸してもらえるのでかなりの数があるのです。

初めは「アロマに関する本を全部貸してください」というお願いで何度も電話していたのですが、あんな感じの本とか、これに関する本とか、題名を知らない私はかなりメチャクチャでてこずらしてばかり。

よくあんなワガママなことを言っていたなぁと今考えただけでもちょっと恥ずかしくなります。

「何なのだこの子は！」

と図書館のみんなに思われていたと思います。

ところが、その中でも鍛冶《かじ》さんという優しい方が、そんな私の何かを察知してくれたのかどうか、どんどん協力してくれていろいろ調べては電話をくれるようになったのです。

そのうちにアロマとか健康に関する本はもうこれで限界となると、次はいろいろな小説を教えてくれるようになりました。

どう考えても新刊便りを見ていないと思ったからか、私が好きそうな本を選んで送ってくれるようになったのです。

「松山さんが好きそうな本があるんやけど送っていい？　でも興味がなかったら読まずに返してねー」と言いながら、ベストセラーや人気のある本や勉強になりそうな本を、次から次へと届けてくれるのです。

何よりすごいと思うのが、いつも今の私にぴったりの本を送ってきてくれるのです。

だんだん鍛冶さんは宇宙からのメッセンジャーで何かを伝えてくれているのだと思うようになり、毎日新しい本が届く事が楽しみでした。

本当に今の私に必要なメッセージがこめられているような本ばかり。

だから、

「こんな本あるけどどうやろう、松山さんにはちょっと暗いかなぁ、あんまりかなぁー」と言いながら送ってくれた本は、それはそれで私がマイナスになりかけている事を気づかせてくれたりする内容なのです。

もしや！　鍛冶さんはいつもどこかで見ているのではないかしら？　と思うほど、あの頃はメッセージがバンバン届いたのです。

そんな感じで、見えていた頃それほど本好きだったわけではない私が、かなりの本好きになっていったのです。

そのおかげで宇宙の本から大昔の本までいろいろな世界を知る事が出来て楽しくてたまりませんでしたが、いろいろなジャンルの本を読む事が出来た結果感じた事は、いつの時代の人も伝えている事はみんな同じなのだなぁ、みんなが良くなって幸せになるように、いろんな形で愛のメッセージを残してくれているのがよくわかり感動しました。

本当に女神様のような鍛冶さんというういい人のおかげでいろいろな世界を知ることがで

きたので、かなり毎日面白くて、退屈している暇なんてありませんでした。

16章　私は自分が大好き体操

五年間私を支えてくれていた、そんのんという愛称のヘルパーさんがやめることになってしまいました。

最後の二年間くらいはそんのん一人に来てもらっていたのですが、ほとんどの事を助けてくれていたので、私にはなくてはならない存在でした。

いつまでも一緒！　と勝手に思いこんでいた私は、あまりにもショックが大きく不安もありましたが、何より一番寂しかったのです。

私はそんのんに甘えてばかりいたので、「この辺でもうそろそろ自立しなさい！」と神様に言われているのだろうなぁと、頭ではわかっていたのですがその頃は毎日がブルーでした。

何せめったにない特殊な能力の持ち主で、いつも私を笑わせてくれるのです。

毎日本当に二人でバカなことを言いあっては所構わず大笑い。

きっとそんのんは、私の自立までを導いてくれるためにやってきてくれた笑いの天使だったのだろうなぁと思います。

それからの私は、あんなにアイナに行ってから元気だったのに、なぜ？　というくらい自律神経が日に日にやられていったのです。

かなりのストレスだったのか、眠れなくて夜中に食べるというとんでもない生活を続けていたら、一カ月であっという間に四キロも太ってしまいました。

そんなある日、いい接骨院があると教えてもらったのですが、なんだかすごくいい予感がしたので早速行ってみました。しばらく通っていると身体が回復してきたので、最近運動はしていないしまたジムに行こうかなぁと思っている事を先生に相談すると、

「ジムに行かなくても家で簡単に出来る全身に効くいい体操があるよ」

と教えてくれたのです。

それはとても簡単で、腕を肩幅より少しだけ広げて、肘をピンと伸ばして手を壁について、足を九十度より少しだけ上に上げていくという、いわゆる足踏み体操なのです。

身体のバランスが整えられる上に、スタイルも良くなると言われ、ま、まじですか！

これはやるしかない！　とピンときました。

初めは三十回して、少し休んでまた三十回、少し休んでまた三十回、とリズムよく。

足首は柔らかく上げ下ろしすること。そして少しずつ増やしていって、最終二百回を三セット。

わたしは自分が大好き体操
ハピエブ Happy Everyday

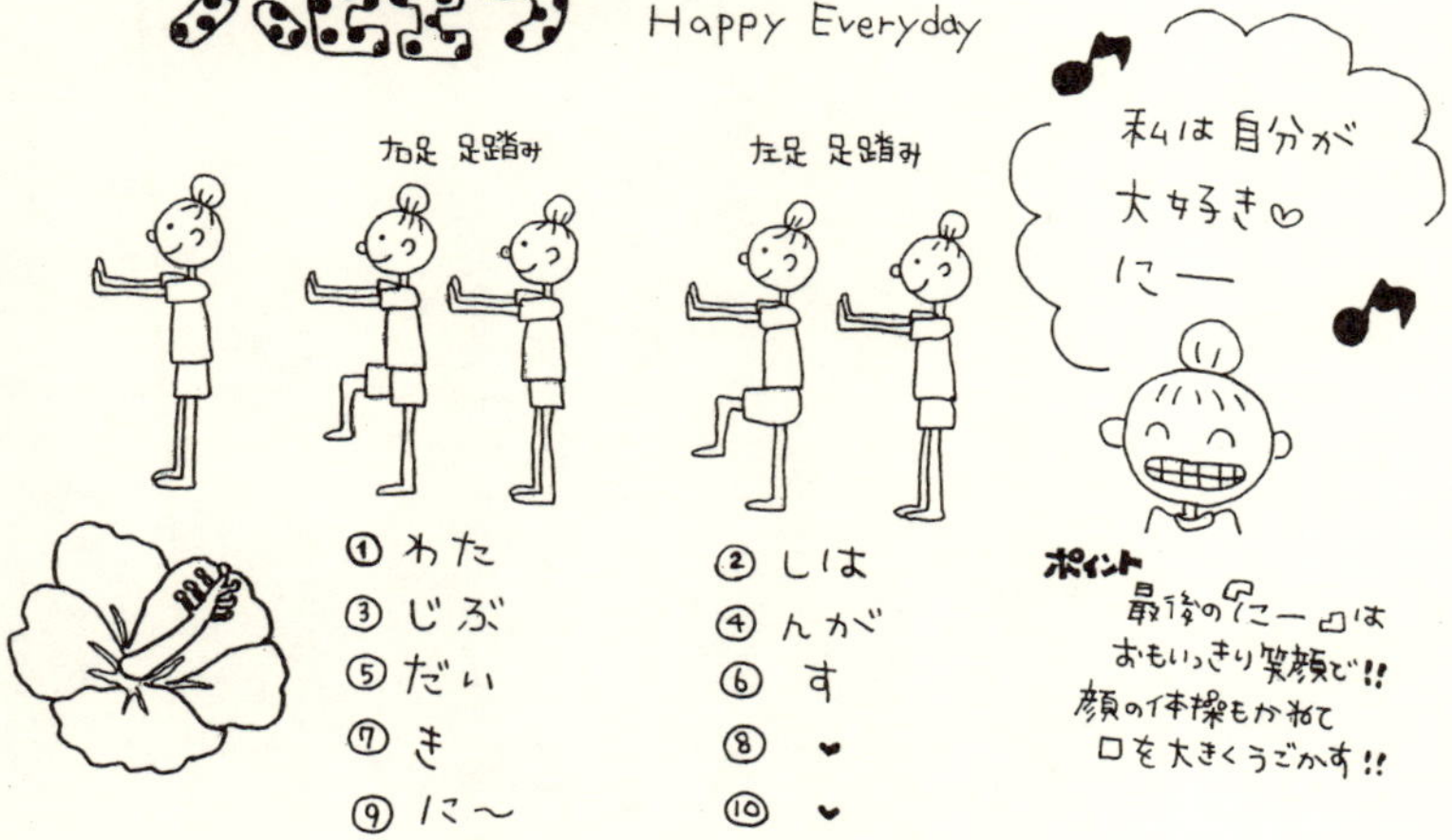

右足 足踏み
左足 足踏み
私は自分が
大好き♡
にー
① わた
③ じぶ
⑤ だい
⑦ き
⑨ に～
② しは
④ んが
⑥ す
⑧ ❤
⑩ ❤
ポイント
最後の「にー」は
おもいっきり笑顔で!!
顔の体操もかねて
口を大きくうごかす!!

ところが私の耳は、耳だけで情報を得ようとしているのでかなりいいはずなのですが、一体何がどうなってどうなったのか、二百回の三セットを一日三回！　と思いこんだのです。

「な、なんて世の中って厳しいのかしら！」と思ったのも無理もありません。

それからというもの、やるからには直ちに二百回はやりたくなり、すぐに二百回の三セットはなんとかできたのですが、その後が大変でした。

もう足はガクガク震えるし、上がらないいし、疲れる一方なのです。

「世間のみんなはこれを毎日軽々出来ているんやなぁ！　よーし！　みんなに出来て私に出来ないわけがない！」

と思い、「負けるものかー！」と、毎日エイエイ！　と頑張っていたのです。

それにしても本当に身体中ガクガクで、筋肉痛で、足にシップをいっぱい貼りながら、毎日もう必死でした。

ところが何とか頑張っていると、だんだんと足も上がるようになってきたのか、もしかしたらこれがマラソンの人が言うランナーズハイなのか、途中からあんなにもつれていた足が急に軽くなるのです。

やったぁ！　やっときたぁ！　とみんなの仲間入りが出来たような気がして気分は最高でした。

けれどさすがに、千八百回は一、二とただ数えているとすごく長い気がするのと、何より全然面白くないのです。

なんていったって、壁に向かってただただ足を上げるのです。

その時、思い出したのです。アファメイションのことを。

それまで一二三…と指を十ずつ小指から上げて数えていたのですが、その一～十の数え方を得意の、

「私は自分が大好き」

とカウントを変えて言ってみたのです。

わたしはで一と二、じぶんがで三と四、だいすで五と六、きーで七と八、残りの九と十で最高の笑顔でニーッ！　と笑う。

それは今までに聞いたことのない不思議なリズムなのですが、自分で作っておいて、なんだか笑えてくるのです。

そうなのです、人間笑う事が一番大事！　なのでもうこれでもかぁと言うぐらい思いっきり笑うのです。

そうやって《私は自分が大好き体操》が出来上がったのです。

「私は自分が大好き」と言う時は顔体操もかねて、大きく口を動かして、最高の笑顔で最後にニーッと笑うのです。

ここがアファメイションのすごいところ。

魂も身体も最高の笑顔で大好き大好きと何度も言われ、嬉しくてたまらなくなるので、どんどん足が上がる上がる。

するとあんなにしんどかった千八百回もだんだんとうそのように楽になっていったのです。

それに私は自分が大好きと一回言うだけで、もう？　と驚くぐらいあっという間に十回出来るのです。

顔体操が出来て、アファメイションも出来て、身体は引き締まっていく、それに人間は足腰を鍛えるのが一番なので、あぁ、なんて素晴らしい体操なのだ！　と感動して迷わずみんなに教えました。

しかし誰に話しても千八百回なんて出来るわけないよー、信じられないわ！　と言われながらも、それが普通と思っている私の足は、当然のようにどんどん太くなっていくのです。

ちょっと嫌だなぁ！　と思っていた頃に先生に、

「足踏み体操はやっていますか？」

と聞かれ、

「はい、頑張っています」

「もう六百回出来るようになった？」

「はい、とっくに。もう千八百回いっていますよ」

「えっ！　今なんて言った⁉」

「え、だからもうすでに千八百回できていますよ」

「うそでしょ、そんなの出来ないよ。出来る人なんていないよ！」

「え？　う、うそでしょうー⁉　先生があの時言ったのですけど、あれぇ？　えぇ？　えー！」

「僕はそんなこと言っていません！」

という具合に、私の大きすぎる勘違いがやっと判明したのです。

そうなのです。この体操は、六百回でいいようなのです。

しかも六百回で、なんと二時間歩いたのと同じ運動量らしく、千八百回の私は毎日六時間歩いていたのです。

そりゃぁ、こんなにも足が太くなるのも納得だわ！　と思い、朝六百回、夜二百回に減らしました。

きっとこれもボディビルとダンスで鍛え上げられた筋肉がなせる業だったのだろうから、《私は自分が大好き体操》誕生秘話にまで、意味をなしているとは、もうブラボーという他ありません。

17章　私のほっこり食事法

まだ足踏み体操千八百回に苦しんでいたころに、あんまりにも毎日疲れているような気がしたので、いけない、これではまた負けてしまう！　と思い、食事療法に力を入れました。

それというのは、根菜類をしっかり食べて、寒い地方の物や暖色系のもの、やわらかいものより硬いものなど。

そこで出会ったのが、にんじんりんごジュースによるプチ断食でした。

にんじん二本とりんご一個をジューサーにかけて作るのですが、ミキサーではなく、かすを取り除いていい所だけをジュースにしてくれるというジューサーで作るのです。

にんじんが入るので一体どんな味かなぁ？　と思えば、りんごの味の方が勝っていてすごく美味しい、考えたらどちらも甘いので美味しくないわけがないのですが。

体を温めて悪い物を出す、血圧を安定させ、腸も整え、どんな病気にもいい、さらに人間にとても必要な酵素がたっぷり。

うわぁ〜まさに魔法のジュースみたい！　これもまたまたすごい！　と思いいろんな人に教えたのですが、みんなも結構毎日続いていていて、お肌の調子がどんどんよくなり元気になっているのです。

私もこのジュースを飲みだしてからよく人に元気そうやなぁ!! と言われるようになりました。

それより何より一番驚いているのが、ずっと悩んでいた低体温と低血圧も正常になっていたのです。

我が家は真二さんの仕事柄夜遅く食事をとることが多いので、私はすぐにこれだ！と思いました。

朝ご飯は食べずに、このにんじんとりんごの生ジュースと、黒砂糖入りの生姜紅茶を飲むというものです。

それまで、朝ご飯を食べるのは絶対、と思い込んでいた私は、

「旦那さんの健康管理は奥さんの役目!!」

と張り切り、

「いい仕事はいい朝ご飯からやでぇ！」

といやがる真二さんに無理やり朝食を食べさせていたのです。

しかしながらよっぽど身体が受け付けていなかったのか、かわいそうな事に歯を磨いては、オエーオエーとえずいているのです。

それでも朝食を食べないといい仕事ができない！ と思いこんでいる私は、オエーッと

なっている真二さんに、

「大丈夫ー!?」

と毎朝声をかけていたのですが、なぜ何年もお互いに気づかなかったのだろうと今から思えばちょっと笑ってしまいます。

ですが、一日に必要なビタミンとミネラルが全て入っているというこのジュースと、身体を温めて悪いものを出すという黒糖入りの生姜紅茶のおかげで、朝のオエーオエーも、ものの見事にピタッとおさまったのです。

「あれ？　最近オエーは？」

「ほんまやわぁ！　俺、最近オエーッて言ってないなぁ！」

というくらい自然に治ってしまったので、やっぱり我が家では魔法のジュースだと私は思っています。

一日三食は食べすぎなので、朝を食べずジュースと生姜紅茶にするというプチ断食は、休日と旅行以外は毎日続いていますがとても調子がよく、身体も喜んでいるのがよくわかります。

私は何事も続けないと意味がないと思っているのですが、だからと言って続けなければいけない！　と思えばしんどくなるので、一番は《ほっこりあん》になるためだわと、楽しむことです。

身体が冷えているとダイエットしても痩せないとか、お肌もきれいにならないとか、身体を温める食べ物をとることが重要だと知ってからは、カロリーがどうとかよりも、これは身体を温めてくれるかなぁ？　冷やすかなぁ？　どうやったらもっと温めてくれるかなぁ？　と考えながら食べるようになりました。

もちろん温かいもの、色が白っぽいものより濃いもの、土の中に出来る野菜、寒い時期や、寒い地方のもの、発酵食品などなどが身体を温めてくれるらしいのですが、ホンの少し食べ方など意識を変えるだけでも、どんどん身体の調子は変わってくるものだと思います。

黒砂糖は身体を温めるので、今私の家には黒砂糖オンリー。

以前、薬を全てやめる時にしていた食事療法の辛さを思えば、身体を温めるか冷やすかを考えるだけなので、この《ほっこり食事法》は全然ストレスにはなりません。

私たちの身体は思っている以上に簡単で素直なので、これが身体を温めてくれると感謝していただくだけで、ほっこりしてきます！　いつも私は新しく来てくれるようになったヘルパーのすぎちゃんと美味しい食べ物を探して、

「わ〜い！　ほっこり入ったね〜！　幸せやね〜！」

と言いながら、もうこれ以上にないくらいの最高の笑顔で食べています。

18章　ブーメランの法則

沖縄の宮城先生に教えてもらった本の中に、「ブーメランの法則」というのがありました。

その名の通りの法則で、ブーメランは投げたら必ず同じ場所に戻ってくるという事。人間は悪い事をしたら必ず同じ事が自分に返ってくるという事ですが、私はきっとそれ以上に大きくなって何らかの形で返ってくると思うのです。

情は人のためならず、ということわざがありますがブーメランの事だったのです。情はかける相手だけではなくめぐりめぐって自分に返ってくるという事ですが、同じ事だったのです。

それに徳を積みなさいというのもそうで、一日一善とか、寄付をしましょうとか、やったらやり返されるとかも、みんなブーメランの法則だったのかぁ！　と思えばいろんな事がわかりやすくなりました。

見返りを求めていい事をしてはいけないというのは、当然言うまでもありませんが、同じ何かをするのなら、みんなが喜んでくれる事をしたいと私は思います。

それにみんなが喜んでくれるということは、それ以上に幸せになって自分のもとに返ってくるので、結局は自分が一番嬉しくなると思うのです。

なので愛をこめたブーメランを投げると、いつか何かしらの形で必ず愛のブーメランを受け取る事が出来るのです。

それならば出来るだけ多くの愛のブーメランを投げたいと思います。

そういうふうに思っていると、誰かが何か悪い事をしたとしても、今までなら何てひどい！　と腹を立てたような事も、

「あぁかわいそう。この人はこれ以上のブーメランを受け取るんやわぁ！」

と思うようになったら、全然気にならなくなったのです。

放っといてもその人はブーメランにやられるので心配ないのです。

だから真二さんとケンカをした時も何か言われたら、

「やーい！　もうすぐブーメランが返ってくるわー！」

と言ってケンカもこれでおしまいです。

そう言われた真二さんはどんなブーメランが返ってくるのかと、毎日もうドキドキなのです。

もちろん私もよくあるのですが、少しでも優しくない事を考えたりした時は、どこかにぶつかるのです。

普段はぶつからないような扉や柱や引き出しなどに思いっきりぶつかるのです。

あれ〜？　私何か最近悪い事したかなぁ？　と考えると身に覚えがあったりするもので、あぁ、あのブーメランが返ってきたのか！　と反省しながらも、返って来たブーメランは受け取るしか他に手はないのです。

そうなのです、怖いのですブーメランは。

ですが愛のこもったブーメランを投げた時はいいことが次から次へと起こるので、自分の中に自然と愛のエネルギーがどんどんあふれてきて、無意識なのに気づいたらまたいっぱい愛のブーメランを投げてしまうのです！

愛のブーメランのスパイラル！　もうそこまで出来るようになれば最高です！

どんな事でも形でも、たとえ離れていても、思いだけでも愛のブーメランは飛ばしまくったほうがいいに決まっています。

そんなにいいという事がわかったのなら、もうそこら辺の誰にでもいいから飛ばすしかないと私は思うのです。

もちろん動物や全てのものに対してでも同じ事です。

子供のころから気が付けばいつもたくさんの動物を飼っていたので、動物は大好きでした。

だからよく犬や猫を連れて帰っては怒られてばかり。

今から思えばちょっと動物的なところが多かったのかなぁと思ってしまいます。

あれは確か小学生のころ、当時飼っていた猫のラムが子供を産んだ時の話。

お腹が大きくてもう今にも産まれそうだったのに、なかなか出てこなかったのです。

今日こそはと学校から楽しみにして帰ってきたら、まだ産まれていません。

あれ？　どうしたの？　と段ボールの中を覗くとラムは横になっていて子供の私が見てもどう考えても、とっさにこれはあぶない！　と思ったのです。

もうぐったりしているのです。

このままではみんな死んでしまうとあわてた私は、家には誰もいないのがわかっていたので、すぐにバスタオルやぬれタオルを用意しました。

当時飼っていた犬のムクが出産している場面を思い出し、これは私が赤ちゃんを取り出すしかないと思ったのです。

まずはお腹を触って一番出口に近い子から押すことにしてみました。

そっとそっとゆっくり押していくと頭が見えてきたのです。

あぁこれで助かると思い、また少しずつ押して頭が出てきたらゆっくり手で引っ張り出したのです。

出てきた赤ちゃん猫は胎盤に包まれていたのできれいにふいてあげると泣き出し、ほっとしていたら、へその緒が。

どうしようと思ったけれど悩んでいる時間はなく、気づいたらはさみでチョキン。

そうやって無事に産まれた子を、

「ほらほら、かわいい元気な女の子やヨ～」

と、ラムの顔の横に寝かせ、同じ要領で次の子にかかりました。

すると三匹目ぐらいからそれまでぐったりしていたラムも自分でも頑張りだしてきたのです。

頑張れ頑張れーともう私も必死。

そうやって無事に五匹が産まれ、母猫共にみんな無事だったのです。

今から思い出しても本当に一人でよくやったと思います。

あれだけは私が生きてきた中で唯一の自慢です。

そうなのです、私が何度も死に掛けても死ななかったのは、今まで何度か命を救ってきたあの子たちに命を助けてもらったとしか思えないのです。

命は出来るだけどんな命もなんとしてでも救わなければならないと私は思います。

命は命です。

19章　笑いの天使なおちゃん

三月から身体の調子が悪くなって身体中が痛くてどうしようもなかった、真二さんのお友達のなおちゃんがフラワーズにやってきました。

ずっと身体中が痛くて薬も効かず、いろんな病院にも行ったけれど全く治らないのだと話をしながらポロポロともう涙が止まりません。

それに痛み止めが効かないのでどんどん薬の量が増え、それどころか抗鬱剤に睡眠薬と増える一方。

病院にも見放されたらしくて、誰か助けて！　とわらにもすがる思いで電話をくれたらしいのです。

心療内科では、今すごく増えているという心因性《しんいんせい》の疼痛《とうつう》だとの診断。

神経内科ではハッキリとした原因がわからないのに次々にいろんな筋肉が痛くなるという、繊維筋痛症《せんいきんつうしょう》という難病だと言われていたらしいのです。

身体中が痛くて何もできず痛みに耐えてただ毎日寝るしかなかったのだと、いろんな話を聞きながらも、私は何かが違うと思いました。

体を触ってみると、想像以上にかなり冷えて硬くなっている。

きっと長年のストレスがたまり身体を冷やしていたのだと思いまずはそのことを伝え、全身にたまっていたマイナスのエネルギーを解放しながら緊張してカチカチになっていた肩甲骨をとにもかくにもゆるめていきました。

傷ついてゆがんでしまったマイナスのエネルギーはたまると身体を冷し固めるのですが、いわゆるブロックがかかっている状態なのです。

さらにその上に重いカチカチの鉄の鎧をかぶっているようなものなので、何よりもまずはそれをぬいで脱皮してもらわなくてはなりません！

背中を解放してから、デトックス効果の高いアロマオイルを数種類ブレンドし、全身をトリートメントしながら少しずつ暖めていきました。

なおちゃんが言うには、元気が出るためにと無理やり食べ過ぎていたらしいのです。

それに輪をかけてどんどん量が増えていった鎮痛剤がまさに身体を冷やし、その事が原因で全身がカチカチに硬くなってしまう、そして更に痛みがひどくなるという悪循環が起こっている。

これは病気ではなく、ストレスによりマイナスのエネルギーがたまりすぎて冷えきってしまっているだけなのよ、といろんな話をしました。

それからというもの本当によく頑張ってくれたのです。

身体を冷やし固めていた恐るべしセルライト撃退の苦痛にも必死で耐え、見る見るうちに脱皮されて元気になっていきました。

人間は夜眠れない事が一番辛いのですが、冷えていると身体はカチンコチンになってぐっすり眠れません。

自分ではなかなか冷えている事に気づかないのですが、温めると眠れるようになってくるのですぐに睡眠薬はいらなくなりました。もうすっかり落ち込んでいた時のなおちゃんとは別人のように身体中に生命エネルギーがあふれてきたのです。

それまでしんどすぎて私が何を言っても消極的な言葉しか出ず、どれだけ笑わそうとして頑張ってもちっとも笑ってくれませんでしたが、まるでうそのように元にもどってきました。

私の時もそうでしたが、生まれつきの生命の維持にかかわる病気以外は原因不明の難病なんてないと思うのです。

原因はほとんどがストレスによりたまりすぎたマイナスのエネルギーのせいで身体が冷えすぎているのだと思います。

宇宙のものは全て冷えると固まる。身体も同じで固まるとその周辺の機能を低下させていくので、何らかの不具合が起こるのだと思います。

さらに家での過ごし方がどれだけ大切かを伝え、身体を温める食事にも変えて、若返りの五大プログラムも完璧にこなしていってくれました。

それでも時にはいろいろな事に負けそうになって落ち込みながらも、本当によく頑張ってくれたのです。

なおちゃんの努力の甲斐があって、長年の疲れがたまり冷えて硬くなっていた身体とかなり頑固だった足もポカポカ。

全身を覆い苦痛を与えていた悪の根源であるセルライトや、不安、恐怖、怒り、罪悪感の塊だった古くて重い今までの衣を脱いだら、驚くほどお肌はつやつや。

それより何より今では一切薬にも頼ることもなくなりフラワーズではいつも大笑い。

気づいたらすっかりフラワーズボディに。

そうやって何度も心と身体の脱皮を繰り返していくうちに、もう落ち込んだり悲しくなったりしない強い精神力と免疫力が身についてダッピングに成功したなおちゃんは、今ではかなりの健康美人で、すっかり若返って、その笑い声は明るく、まさに笑いの天使そのものです。

20章　私のゆっくりほっこり健康法

どうしても時間を決めて習慣にしてしまわないと続かないので、朝から体操すると脳にいいと聞き、《私は自分が大好き体操》をなるべく朝にしています。

それからお風呂では、［リンパ洗い］をします。

このリンパ洗いというのは、毎日からだのリンパマッサージをするのはなかなか難しいものなので、リンパドレナージュと合体して私なりにいい方法を考えたのです。

男性は女性と違って美容に興味がない方がほとんど。美容目的ではなくて健康と安心のためにぜひ男性の方にも実践してもらいたいなぁと思います。

男性は頑張りすぎて疲れていてもなかなか我慢強いため弱音は吐かず、身体を癒しお手入れするという感覚は低いと思います。だからこそ身体のバランスが壊れ病気になった時に強く出てしまう事が多いのではないでしょうか。

もちろんリンパは男性にも女性にも流れているのに、女性の方が美容のために食事やマッサージなど何かと努力して身体には目を向けているものです。

家で一人で、しかも簡単に出来ることなので、もうこれはハッキリ言って老若男女全ての人に、毎日実践してほしい！　と私は思っています。

私も今のようなリンパを流すという仕事をしていなければ、こんなにリンパを流すことの重要性には目もくれていなかったと思います。

人間の身体は手をかけて大事にしてあげると喜んでどんどんほっこりして元気になっていきますが、怖い事に身体が冷えきってカチカチになったまま放置していると、心も冷えきるのですぐに鬱に入ってしまいます。

そうならないためにも、ぜひ今日からこの〔リンパ洗い〕をみんなで頑張りましょう！

顔と同じ皮膚である体は手で洗うのがいいので、同じ洗うのならリンパを流しながら洗ったらいいじゃないか！　といろいろ考えた末に出来上がったのが、この［リンパ洗い］なのです。

難しそうに思うかもしれませんが、慣れればとても簡単です。

まずはきれいで若々しい自分のステキな姿をイメージしましょう！

なるべくマッサージは心臓から遠い場所から始めましょう！

全部できなくても、少しだけでも取り入れてあげましょう！

1. 初めにお風呂につかってよく温まります。
更に疲れた身体がリラックスするために足の裏をもんであげて、全身の血流をよくしてあげるとリンパ洗いの効果が抜群です。

2. 足の裏がほぐれたら何かとストレスを受けやすい顔を癒してあげましょう。
まずは耳のマッサージをします。

耳全体をもみ、耳たぶを引っ張りながら前にも後ろにもグルグル回します。

耳の周りはリンパ節がたくさんあるので、そこを解放してあげないと脳にも顔にもいいエネルギーが行きわたりません。

耳の中の詰まりがほぐれると頭もスッキリしてきます。

3. 耳の周りがほぐれてきたら、顎の骨にそって顎全体と首をもんであげましょう。
顎がほぐれたら顔の骨にそって指で軽く押して筋肉を緩めてあげましょう。

「今日も一日お疲れ様、よく頑張ったね～！　ありがとう。いつもかわいいね！」と声をかけてあげると、疲れて硬くなった顔がゆるんで柔らかくなり、ニッコリ笑顔があふれてきます。

4. 笑顔が出てきたら、首や肩甲骨をグルグル大きく回してほぐしてあげると、ゆるゆるとゆるんでくるので全身がポカポカしてきます。

5. 湯船から出たらいよいよリンパ洗いのスタートです。
滑りをよくするために石鹸を少しつけてから行います。

お湯の中で足裏はもんであげているので、まずは脇の中と鎖骨の周りに指先を突っ込んでグリグリとほぐします。

左の鎖骨が詰まると全身の流れが悪くなるので特に念入りにほぐしてあげてください。

初めは少し痛いかもしれませんがだんだん柔らかくなってくるので頑張りましょう。

6. 次に女性はバストを硬いところがないか確認しながらやさしくマッサージ。

7. 次は腕を洗います。
まずは手の平と甲を骨に沿ってもんで柔らかくしてから指全体と手首の周り、手首から肘に向けて、肘の周り、二の腕の内側など骨に沿ってゆっくりやさしくほぐしていきます。

特に二の腕の内側は詰まりがちなので親指で上下にしっかりほぐしてあげましょう。二の腕がほぐれてきたら、手首から脇に向けて腕全体をやさしくマッサージしながらリンパを脇に向かって流してあげましょう。

8. 次は足を洗います。
まずは足の裏をもう一度強めに親指で柔らかくなるまでもんであげましょう。足裏が柔らかくなってきたら、足の指をクリクリと回しながらもんであげます。特に親指は念入りに。

足の指が柔らかくなってきたら、足の甲、くるぶしや足首の周り、膝の表などを手をグーにしてほぐします。

膝の裏と足の付け根は親指で押してほぐしていきます。

関節の周りがほぐれてきたら、前足の太い骨にそって親指で上下にやさしくほぐします。

前足がほぐれたら次はふくらはぎをもんで柔らかくしてあげます。

ふくらはぎが柔らかくなってきたら、太いリンパが流れている太ももの裏に両手の指を突っ込んで、上下に大きくグリグリほぐしてあげます。

そこまでほぐれてきたら、足首から足の付け根に向けて足全体をやさしくマッサージしながらリンパを流してあげましょう。

9. 次に立ち上がって、ふくらはぎ、太ももを手の平で上に上にとさすり上げます。

10. そのままお尻までできたらお尻を洗いましょう。
骨盤の骨に沿ってもんであげ、さらにお尻全体を大きくもみほぐし、上にさすりあげます。特に尾てい骨から少し上までの仙骨はリラックスする神経がたくさん出ているところなので、念入りにマッサージしてあげましょう。

11. 次は背中を洗います。
手をグーにしてひっくり返した握りこぶしを使って、腰と背中を手が届く限りほぐしていきます。

12. 少し柔らかくなってきたら、腰と背中の脂肪を脇に入れていくイメージで手の平を返したりしながらうまく使い、手が届く限り頑張ってリンパを脇の中に向けて流してあげます。
背中の脂肪を脇に入れてあげると肩甲骨の形がきれいに出てきます。

13. 肩や首、お腹もマッサージして、最終的に全ての脂肪やリンパを心臓のある胸に集めてくるイメージです。
初めは身体が硬くて11番の時背中全体に腕が上がらないと思うので、腕を洗ったあとなどいろんなところで11番の背中のマッサージを取り入れて、天使の羽を出してあげてください。

このリンパ洗いのポイントは左の鎖骨をよくもむ事。そして脇の中、そけい部、膝の裏などのリンパの通り道である関節をほぐしてから、手の平を密着させて脂肪を心臓に向かって流していくイメージで行う事です。

リンパ節をほぐし、つまりを取り除き、通り道をあけてからリンパ液をリンパ節に向けて流す

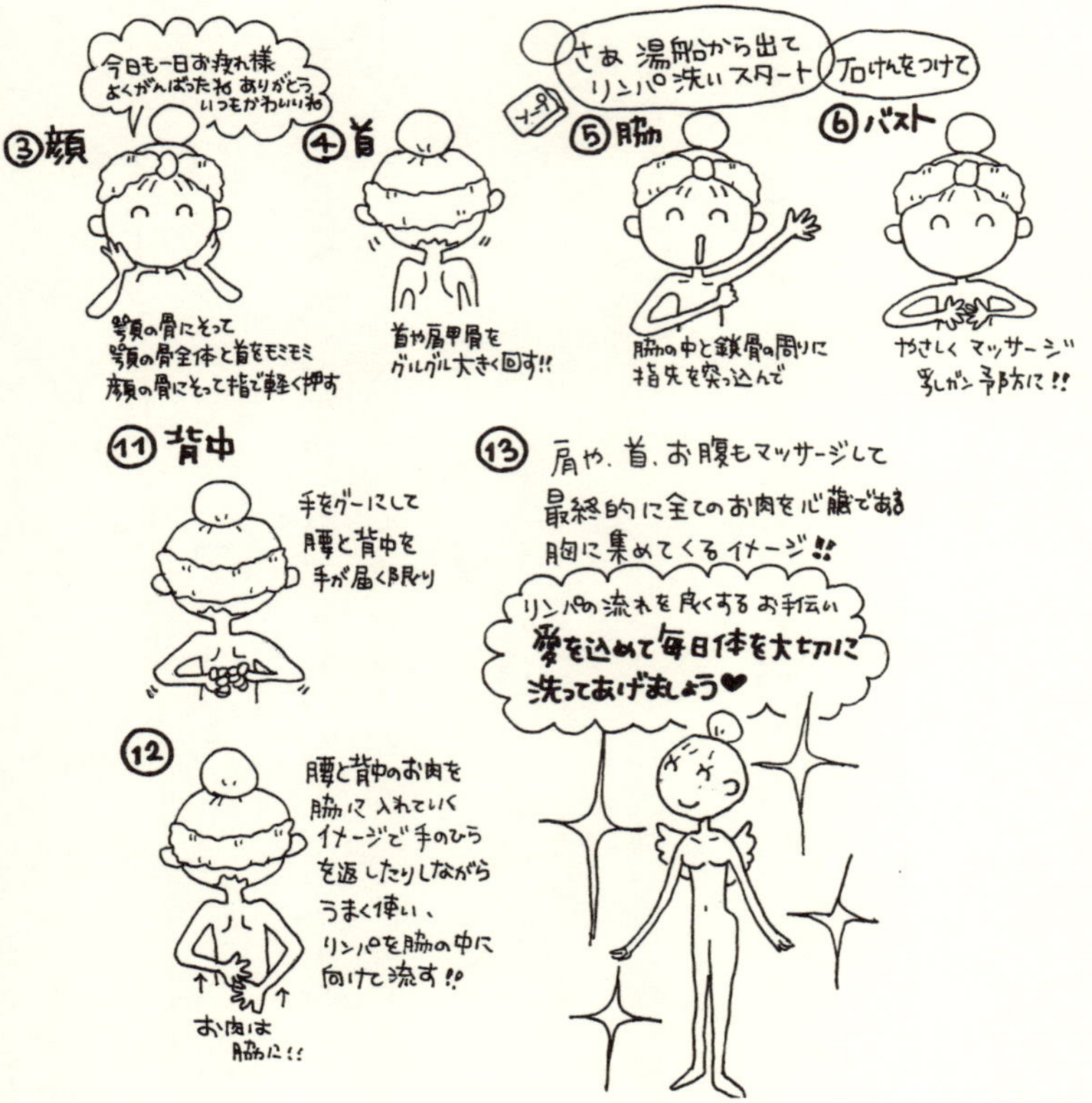

今日も一日お疲れ様
よくがんばったね ありがとう
いつもかわいいね
③顔
顎の骨にそって
顎の骨全体と首をモミモミ
顔の骨にそって指で軽く押す
④首
首や肩甲骨を
グルグル大きく回す!!
さあ 湯船から出て
リンパ洗いスタート
石けんをつけて
⑤脇
脇の中と鎖骨の周りに
指先を突っ込んで
⑥バスト
やさしくマッサージ
乳ガン予防に!!
⑪背中
手をグーにして
腰と背中を
手が届く限り
⑫
腰と背中のお肉を
脇に入れていく
イメージで手のひら
を返したりしながら
うまく使い、
リンパを脇の中に
向けて流す!!
お肉は
脇に!!
⑬ 肩や、首、お腹もマッサージして
最終的に全てのお肉を心臓である
胸に集めてくるイメージ!!
リンパの流れを良くするお手伝い
愛を込めて毎日体を大切に
洗ってあげましょう♥

リンパ洗い

①よく温まって
リラックス!!

足裏をもんで血流を
よくし、リンパ洗いの効果UP

②耳

耳を引っ張りながら
前にも後ろにも!!

⑦腕

細かい所は
ていねいに
ほぐす

手の平と甲を骨にそって
もんでやわらかくする
ていねいに!!

↓

指、手首をほぐしてから 手首から
骨にそって親指でグイグイひじに向けて
押し上げる
二の腕の内側は詰まりがち

↓

手首から脇に向けて
腕全体をやさしく
マッサージしながら
リンパを脇に向かって
流す

⑧足

足の裏を強めに
親指でグリグリ
やわらかくなるまで
モミモミ!!
足の指をクリクリ回す
♥親指は念入りに

足の甲、くるぶしや足首の回り
膝の裏表、足の付け根と
次々に強めにグリグリ

↓

足首から太い骨にそって親指で
膝に向けて押し上げる
同じように膝から足のつけ根に向けて!!

↓

太ももの裏に両手の指を突っこんでグリグリ

↓

ふくらはぎモミモミ

↓

足首から足の付け根に向けて
やさしくマッサージしながら
リンパを流す

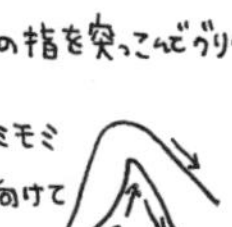

⑨立ち上がって

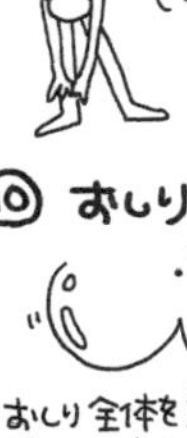

ふくらはぎ太もも
を手のひらで
上に上にと
さすり上げる

⑩おしり

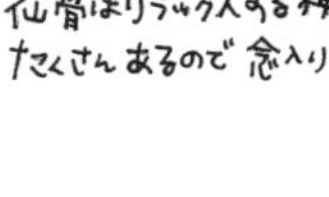

おしり全体を柔らかくなるよう
強くもんで上にさすり上げる
仙骨はリラックスする神経が
たくさんあるので念入りに!!

頭はシャンプーの時に頭皮をゆっくりもんであげてください。

気・血・水の流れは一つですが、そのうちの水であるリンパが滞ってドロドロでは身体はきれいにならないどころか、気の流れも血の流れも悪くなってしまいます。

ですが毒素がたっぷりのリンパが流れていくと、血液の流れもよくなり筋肉もゆるんでくるので、全てを解放してあげる気持ちで行うと身体中がほぐれ疲れがとれてほっこりしてきます。

私は疲れて腕がだるくなる事がよくありますが、リンパ洗いが終わる頃には身体中がゆるゆるとゆるんで柔らかくなっているので、以前の身体とは全然違うことにわれながらいつも感心しています。

美容師の時以上に今の仕事は、身体が勝負！　なので、いい仕事はいい心と肉体からだぁ！　と強く思い、これも仕事の一部だと思って毎日メンテナンスしています。

私はこうやって毎日身体を温めて温《オン》の状態にしてほっこりしていないと、人を癒す事はできないし自分自身も元気にはなれないと思っています。

毎日絶対に身体を洗うので、なおさら私はこれを利用しない手はないと思うのです。

そんなに必死で頑張らなくても毎日することに意味があるので、あくまでも身体を洗う感覚なのです。

するとそうやって毎日身体中を手で触れていると自分の身体のことがよくわかるように

なるもの、どこが硬くて痛いとか脂肪がたまっているとか。

そうして手で触るということだけでも肌にとっては刺激的な事なので、どんどん刺激を与えて目覚めてもらわなければ若返りません。

やはり心も体も刺激がないというのが、一番のヤル気がなくなる原因なのだろうなぁと思います。

皮膚が硬いということは、お肌にとって最もマイナスであるデトックスされきれなかったリンパが脂肪になってやがてセルライトとなり、へばりついて身体を冷やして固めているのですが、脂肪である頑固に固まったセルライトは、温めると溶けて流れやすくなるのです。

その逆で冷えたまま放っておくとさらにもっと冷えて、その結果筋肉を固めてしまい、あちこち痛いところが出てくるのだと私は思います。

それともう一つ、腸もみとウエストを細くする、

[腸もみ&ウエストたたき]

と、いつもながらのそのまんまのネーミングではありますが、これもお勧めです。

しかもこれはとっても簡単。

身体がカチカチになってくると天使の羽や背筋が冷えて硬くなり、バランスが崩れてきます。

すると本来はグイッと引き締めているはずの腹筋も弱り、身体をピンと美しく支えるのに最も重要なおへその下にある丹田というエネルギースポットに力が入らなくなり、やがて身体中が重くなって姿勢が悪くなってきます。

どんどん全身の流れが悪くなりお腹に毒素がたまってきて油断するとすぐにぽっこりお腹になってきます。

腸は年々硬くなって動きが悪くなってしまうので、もんで柔らかくしてあげないと毒素がたまり栄養が吸収できずに身体中に悪影響を及ぼします。

身体の中心であるお腹に毒であるマイナスのエネルギーがたまっていては、どうにも元気になりません。

ゆっくり息を吐きながら指で硬いところがなくなるまで、優しくマッサージをして、お腹全体を柔らかくしてあげましょう。

おへそを中心に時計回りに指を立ててお腹を少しずつもんでいったらいいだけです。

次に両手でパチパチとウエストをたたいて刺激を与えていきます。ウエストには常に刺激を与えておかないと、すぐにくびれが見当たらなくなってきます。

それと一日中緊張してカチカチになった身体を緩めるのに最も大切なことは、吸うことではなくてゆっくり息を吐くことに意識を向けることです。

これは疲れた時や痛いときなどどんな時にでも効くほっこり呼吸法なのですが、吸い込んだ倍の時間をかけてゆっくりゆっくり吐くことです。

疲れてくると焦って悪循環ばかりが起こり、呼吸も乱れ、全てが乱れてきます。

そんな時ほど動きも話し方も何もかもゆっくりを心がけます。

ストレスですぐにカチカチになってしまう身体を、毎日どれだけ緩めて柔らかくして身も心もほっこりさせてあげられるか、ただそれだけの事なのです。

こうやってほっこり食事法と合わせて生まれたのが、《ゆっくりほっこり健康法》なのです。

1. にんじんりんごジュース
2. 黒糖入りの生姜紅茶
3. 私は自分が大好き体操

後に［ハピエブ］と改名。

なおちゃんの中学三年生の娘さんが命名。毎日母と娘が二人で、私は自分が大好きといいながらニィー！　と笑い合っているうちに、自然とマイナスな事を言わなくなってどんどん明るく幸せな気分になってくるので、幸せな毎日、ハッピィエブリデイ！

それを訳して［ハピエブ］

4. リンパ洗い

5．腸もみ&ウエストたたき

自分の身体を心から愛し喜ばせてあげる事が出来るのは世界中でたった一人、自分だけです！

食事や身体から毎日たっぷり出る老廃物もそうですが、疲れすぎたり悩みすぎたりしてストレスをたまったまま放置しておくとエネルギーブロックが起こり、そこにマイナスのエネルギーがどんどんたまり、やがて血の流れやリンパの流れが悪くなってきます。

気・血・水の流れは一つですが滞るとバランスは崩れるのでどれもこれもさらさらとした流動性が大事なのです。

どんなものでもそうですが、たまると重くなります。

重いものは何でも下に下がります。

下がって下にあるものは冷えます。

宇宙の物は何でも冷えると固まります。

冷えてカチカチになるということは痛いということです。

心と体は一つなので、痛いということは苦痛でストレスです。

これがフラワーズ式の考えであって、

《カチカチがダメなだけ!!》

という私の健康法なのです。

21章　プラスとつながる

ステップ1　解放

身体を疲れたままメンテナンスをしないで放っておくと、傷ついてゆがんでしまったマイナスのエネルギーがどんどんたまるので、とっても危険！

そういう時はなんかついていないなぁというようなマイナスな出来事がよく起こるようになりますが、そうやってマイナス状態に陥ると、世の中で起こっているマイナスな事とばかりつながってしまい、それでは全然面白くないのでさらにストレスがたまりしんどくなってきます。

ですがプラスの状態にいる人は身も心も温かいので、プラスの出来事ばかりが起こり、いつも楽しいのです。

もちろん生きていればマイナスな出来事や嫌な思い出は誰にでもたくさんあるものですが、ただそれをどれだけ自分から解放してあげて手放してあげながら軽く生きていけるかなのだろうと思います。

ずっと私もそうでしたが、世の中にはたくさんの元気になれるためのヒントや本がいっぱいあるにもかかわらず、いくらそうしたくても身体の根本から生まれ変わったようにはなかなか元気にはなれませんでした。

どうしても過去の思い出にがんじがらめにされていたり、トラウマに苦しんでいたり。それに一度ダークでどんよりになってしまうとなかなか抜け出せません。

なのでそんなことにならないようにするために、もう十分苦しんできた、今までは自分に学びを与えてくれてきた、しかし今の自分にはもう必要がなくなったというその古くてマイナスだらけの殻を勇気を出して打ち破り、感謝の気持ちを込めてまずは脱皮する事が重要なのです。

そして人生はプラスマイナスゼロといいますが、「今までがぜーんぶマイナスだったなぁ」と思い、

「よーし！　これからがいよいよプラスの人生を送るのだぁ！」

と思っているとこれからは今まで以上にいいことばかり起こるのです。

〝人間気づいた時が始まり！〟なので、今までよかったという人も、良い事なんかなかったわぁという人も、今この瞬間を常にターニングポイントにしていけば、この先の人生はもっとよくなることまちがいない！　ので、今が生まれ変わるためのビッグチャンス！

不安・恐怖・悲しみ・罪悪感・嫉妬・ねたみ・恨み・怒りなどのどう考えても身体が喜

ばないことはいくら持っていても何の得にもならないので、そんな知らず知らずに重くさせているカチカチの鎧は脱ぎ捨てて、どんどん生まれ変わりましょう！

寂しくて辛かった悲しい思い出からの脱皮！

どうしても許せなかった怒りの感情からの脱皮！

自分を縛り付けて自由になれずに苦しめるマイナスの思い込みからの脱皮！

ここまでよく頑張って生きてきたね！　という自分に、今までありがとう！　お疲れさま！　と感謝を込めてお別れをしましょう！

それにいくら脱皮して過去を手放すといっても、大切ないい思い出は永遠に残るものであり、ステキな宝物となっていつも力になってくれているのです。

自分の足を引っ張るよくないマイナスだけが解放され浄化されていくと、後はプラスだけになるので、そこからいいものをさらに引き寄せる、なのでこれからはどんどんパワーアップしていくだけなのです。

そんな目には見えないけれど、今の自分の思い込みや性格を作り上げてきた過去の自分から脱皮して、新しい自分に生まれ変わる事をダッピングと呼んでいます。

それと人間の本当の姿はとても素直で純粋ですが、そんなステキな自分に早く気づくために、簡単にマイナスを解放し手放していくもう一つの方法というと、やはり、

〈愛と感謝を込めて許す〉

もう許して許して許しまくり。

何を許すかというと他の誰でもなく、そんな不快な気持ちにさせてしまったという自分自身の事を許してあげましょう。

許せなかった怒りのエネルギーというやつは一番疲れるし、身体の調子は悪くなるし、顔はふけるし、いい事なんて何一つなく、そんなカチカチな考え方はしんどいだけであり不幸の始まりです。

身体が疲れてくるといろんな事に怒ってしまうものなのですが、それは身体が冷えてマイナス状態にあるので、自分の中の眠っている暴君がひょこっと顔を出してくるので、無意識ですがなんだか腹が立ってきてまたまた怒ってしまうのです。

そうなのです、カチカチが何よりもいけないだけであり私たちは、そんな冷えてしまったよぉ！　という人を［カチカチ冷え人《ひびと》］と呼んでいます。

その逆でいつもプラスの人を［ほっこり温人《おんじん》］またの名を《ほっこりあん》と呼んでいます。

どう考えても私はほっこり温人の方がいいし、みんなにもぜひそうなってほしいのです。

私も以前は完全にカチカチ冷え人だったので、冷え人さんの気持ちは誰よりもよくわかるのです。

カチカチの世界はどう考えても苦しいだけなのです。

カチカチになって冷えているのと、ほっこり温かいのとでは全然違います。

それはまるで天国と地獄、天使と悪魔、太陽と暗闇、ニッコリとどんより、わーい！とガーン、ぐらいの差です。

もちろん私も誰でも油断してマイナスがたまると、いつでもカチカチ冷え人になる恐れはあるのですが、私はもうあんな冷え冷えの重たくてしんどい世界には絶対戻りたくないので、毎日ほっこりを集めているのです。

それに自分は変わりたくない、ただ相手だけを変えたいと思っても不可能だと思わなければ、期待しては裏切られる！　という結果になり、結局は自分がしんどくなるだけ。

相手に変わってもらいたい！　とは誰もが望むものですが、そんな無駄な事に大切なエネルギーを注ぐのはやめて、これからは自分自身をなんとしてでも変えるのだぁー！　という事にだけエネルギーを使いましょう！

相手を変えたければまずは自分が変わる事！　といいますが、その自分を変える方法がわかっているようで、いまいちどうもよくわからずに悩んでいる人は多いと思うのですが、それは身体が冷えて硬くなりマイナスとつながっているからそんなプラスの思考が思いどおり働かないだけなのだと思います。

プラスとつながって楽しく生きるためには、何よりもまずは手放すこと、そうして初めて新たなものが入ってくるのです。

手放すことが一番難しいように思いがちですが、それも思い込みであって、解放して手放してみると初めてわかるのですが、すっごく気持ちいいのです。

まずは、今までのカチカチになっている頭の鎧を脱ぎましょう！

ステップ2　ほっこり

過去の自分からダッピングする事ができたら次は自分にご褒美をあげましょう。

なかなか生きていて人に褒められることは少ないもの。

だからこそ自分で自分を褒めてあげましょう。

みんな頑張っているのに、誰も褒めてくれない、そんな寂しくて悲しい事はないし、あんまりだと私は思います。

なのでこれからは頑張っている自分のことをどんどん褒めてあげましょう。

辛くても頑張れた自分にバンザイ！

苦しくっても負けなかった自分にバンザイ！

最後まであきらめなかった自分にバンザイ！

人間の脳は喜んでいると幸せホルモンがどんどん出てきます。そのいいホルモンのおかげで勇気やヤル気が湧き出てくるので、なんだかわくわく楽しくなってきて頑張れるのです。

しかし我慢してばかりで笑顔が出ない時はどんなに精一杯頑張っていても真面目で硬いカチカチな空気に包まれて緊張しています。真面目が一番！　なのはもちろんですが、真面目を通り越してカチカチ冷え人さんになっては本末転倒です！

そういう時は新しくて面白いいいアイディアもさっぱり浮かばず、全然楽しくないので、そういう時こそ笑顔が必要です。

いろんな形で少しでも笑いのエッセンスを入れてあげると、ふわぁーっと心がゆるんで温かくなりほっこりしてきます！

心がほっこり温まる事が本物の癒しです。

ほっこりは人によって感じ方は様々ですが、自分にとっての大切でハッピーな最高のほっこりをどれだけたくさん見つけられるか、そして自分をそのほっこりで満たしてあげられるかだと思います。

温かくて美味しい物を食べてほっこり！

胸がトキメクようなかわいい物に出会ってほっこり！

優しい愛などにふれて、思わずほっこり！

などなどそんな感じでどんどん自分の中にほっこりを入れてあげましょう！

自分の心がほっこりで温かくないと、どんなに相手を癒してあげたいと頑張ってみても難しいと思います。

なのでこれからはほっこりする事だけを考えていきましょう！

自分自身がほっこり温まって、そうして初めて相手をほっこりにでき、自然と周りも温かくなってきて幸せになるのです。

人間は慣れてくるとすぐに当たり前になってしまいますが、当たり前なんてものはこの地球上にはどこにもなく、マヒしているだけ。

反対の言葉である、ありがとうを口癖のように言いまくっては、

「世の中は奇跡のようだわぁ！」

と、生きている事を純粋に楽しんでいる人や、全ての事に幸せを感じて、ありがたいなぁ！　と感謝している、そのような心根のやさしい人といるとほっこりが伝染してきて、自然と周りも癒されてくるのです。

なので周りがどんなにカチカチで暗くても、自分だけは波動を上げて明るく輝き、太陽のような人になって自分の周りからほっこりさせてあげましょう！

ステップ3　波動アップ

私は全く何も見えないので、その人の身体に触れるまでは姿や形はわからないので、直に魂と話しているような感覚なのです。

それがだんだん普通になってきて、相手の姿などは私にはどうでも良くて、考えれば不思議なことなのですが、自然と魂に伝えている感覚になっていきました。

そうして話をしているうちに、本人が思っている以上に魂は何でもわかっているのだわ！　という事に気がついたのです。

魂を感じながら魂にだけ意識を向けて話をすると、必ず伝わるものだという事を何度も経験するうちに実感しました。

それがよく言う、心から話をすれば絶対にわかってもらえるということです。

それと私の行動は目が見えているかのように見えるらしくてよく、

「ほんまは見えているんやろう！」

といろんな人に初めはびっくりされるのですが、見えなくてもたいがいの相手の行動は意外とわかるものなのです。

こっちを向いているのか横を向いているのかどんな表情をしているか、離れた場所で行動していることもなぜだかよくわかります。

もちろん表情は私のイメージからできています。

よくオーラの色といいますが、私の場合はその人からムンムンと出ている波動を感じています。

心が温かく優しい人の魂の周りは、軽くてやわらかい愛の波動がフワフワととり囲んでいるので、〝あぁこの人、ステキな笑顔だなあ〟という事がすぐにわかります。

逆に疲れて弱っている人は、冷たくて硬く重たいものがどんよりと下の方から出ていて、笑顔どころか全然目が笑っていない。

その上その様な冷えている人はいつも、イライラ・ピリピリ・カリカリしていて、更に自分以外の物のせいにしたりして何かと怒っています。

そんな冷え人さんから出てくる声には愛はなくカチカチしていて変にカラカラ。

私は何でも声で判断するのでよくわかりますが、本当に声には心の調子がとてもよく出ています。

元気な人は上の方からフワーッと明るく輝いているので、きれいな声で温かい言葉しか出てこず、いつも優しいので波動はどんどん上がる一方なのです。

波動とは私から見れば、プラスとつながっているかマイナスとつながっているかを身体からムンムンと放出して表している、愛のパワーのことです。

体が喜んで軽くなっていると、幸せホルモンがどんどん出てきて、元気モリモリになってきます。

朝からハピエブをして波動を高めふわふわと軽く過ごし、体内から出た老廃物を夜のリンパ洗いで流してあげてどこもかもすっきり！　ほっこり！

こんな生活を毎日続けていると、嫌でも身体は温まってきます。

そう、温かくなって体温が上がってくれればいいのです。

体温が上がると免疫力が上がり基礎代謝も上がるので、太りにくくなり余計なものをためなくなります。

すると、マイナスのたまらない身体になって若返りが起こってきます。

若返りスタイルがよくなってくると、どんどん希望が湧いてきてさらに磨きをかけたくなり、ヤル気が出てくるのです！

そうして自分磨きに力を入れていると、自分の中でムクムクと自信がついてきます。

どんな事でもいいので自分の中だけでも自信が持てさえすればこっちのもの。

本当の自分の姿である魂が喜んでいると、ひがんだり自慢したり非難したりする必要がなくなるので、心が満たされ優しい人になって魅力が上がりキラキラ輝いて波動も上がるのだと私は思います。

ステップ４　努力

やれば私にも出来るのだわぁ！　という自分自身を信じる心が何よりも大切だと思います。

さらにもっとたくさん自信をつけて、誰かに褒められたいなぁと思うようになれば最高です。

今までより、もっとよくなりたい！　と思うのならばやはり、絶対的に何かと努力は必要です。

努力は嫌だー！　なるべくしたくない！　という人もいますが、それは身体が疲れて冷えているから重たくて何もしたくないだけなのだと思います。

それに、

〝努力なくして美しくならず！〟

〝努力なくして幸せにはならず！〟

という事はきっと誰もが実感しているはず。

しんどくて動きたくないよ！　という人は足の裏が。

何もやりたくないわぁ！　という人は手が疲れている事が多いです。

手も足も動くのが当たり前と思っていますが、そう、当たり前なんてないのです。

特に手は一日中フル回転で一生懸命頑張ってくれています。

何をするのも手のおかげ、手料理・お手入れ・手作業・お手伝いなどなど。

こんなに頑張って働いてくれている手を癒してあげて、愛と感謝を込めてこれからはお礼に毎日マッサージしてあげましょう。

まずはクリームをつけて、親指と人差し指の間を柔らかくなるまでもみほぐし、手の甲を骨にそってやさしく丁寧にほぐします。

次に、手の平と指をしっかりほぐしていきます。

初めは硬くても毎日もんでいるとだんだん柔らかくなってきます。

手が硬いということは、手にもマイナスのエネルギーがたまってカチカチになっています。

しかし本当はどんな手にも、ものすごいハンドパワーがあるので、そのパワーを存分に発揮出来るようにしてあげると、手は喜んでクルクルと軽く動くようになり、ますますいい仕事をしてくれます。

それにこれはフットリフレクソロジーの足裏マッサージの反射区と手も同じなので、硬いところがなくなるまでマッサージしてあげると、身体全体が温まってきて健康になっていきます。

足とは違い、いつでもどこでも出来るので、なにかしんどいなぁ～と感じたらぜひだまされたと思って手をもんであげてみてください。

身体をお手入れするその手がカチカチだといいお手入れが出来ないし、私は愛のエネルギーの高い料理も作れないような気がしています。

目が見えない私にとって手は目の代わり。手からいろんな事を感じようとしているので、手のありがたみは見えていた時とは比べ物にならないくらい感じています。

なので、こんな私だからこそわかる、手の偉大さを伝えたかったのです。

それともう一つ、心が疲れていると結構手は冷えています。

手が冷えているという事は身体全体も冷えていることが多いです。

そういう時は人の優しさや温もりに触れると心が安心してほっとします。

どうにもこうにも身体が冷えきってしまっている、そんな時は自然と温もりを求めているので、疲れ悩んでいる人に出会ったら、自分の温かくなったその手で、相手の手にほっこりを入れてあげましょう！

優しく握ってあげたり、もんであげたり、手を触れているだけでもほっこりパワーが入るとどんどん癒されてきます。

それくらい手にはすごい力があり、手から手にはエネルギーは入っていきやすいので、言葉だけではなかなか伝わりにくい事でも、手を温めてあげると自分のぬくもりで相手を元気にする事ができてしまうのです。

すごいのです〝ほっこりハンド〟は。

人間と人間が一番求めているものは、みんなが温もりを持っているということ、それは誰かがカチカチに冷えて苦しんでいる時にほっこりを分け与えてあげ、そして癒してあげられる、そういう事だと私は思っています。

ステップ5　宇宙からのメッセージ

キラキラ輝いていると波動はどんどん上がってくる、ということはプラスのエネルギーで満たされているということなのです。

すると周りの人が伝えてくれることは、宇宙からのメッセージだということが自然にわかるようになってきます。さらに周りで起きているシンクロニシティをどんどん引き寄せては、見逃さないでしっかりキャッチ出来るようにもなってきます。

シンクロニシティとは、身の回りで起こるまるで偶然の一致のような出来事のこと。

わかりやすくいえば、小さい奇跡のような事だと私は思っています。

うわぁ！　やったぁ!!　と思うような事ってありますよね、あぁいう感覚のことです。

ほっこり温人さんは、こんなラッキーがラッキーを呼ぶ～！　というラッキーのスパイラルのような人生を送っているので、やっぱりほっこりあんはやめられない！　にはまっているのです。

誰でもしんどい時は自分の世界があまりにも狭くなっているものですが、本当は違う、メチャクチャ広い！　という事に目を向けて見てください。

私は今、明るい太陽も夜空にキラキラ輝く星も青い海もきれいな花も何も見えないですが、いつも頭の上に広がる宇宙を想像して楽しんでいます。

きっと目が見えないから楽しみが少なそうとか、世界が狭いからかわいそうと思われているかもしれないのですが、それは意外も意外！　もちろん見えるに越したことはないのですが、これはこれでちょっと楽しいのです。

見えていた時の方が、毎日の忙しさにいっぱいいっぱいになってしまっていて、自分を見つめる余裕なんてありませんでした。

視覚にとらわれすぎていて、逆に目に見えるものしか見えなくなってしまっていたなぁ！　見えているようで見えていなかったなぁ！　下ばかり見ていて世界が狭くなっていたなぁ！　と思います。

私は一人でいる時、頭の中で広い宇宙を想像して見るのです。

うわぁーすごい広くてきれいだなぁ！　と無限に広がるパワーを身体中に感じたら、その中に浮いている青くて美しい地球を想像してみるのです。

そしてその上にちょこんと立っている自分の姿を思うとあまりにも小さすぎて、

「ちょっとかわいいなぁ！」

と思えてきます。

しかも嬉しそうにバンザーイ！　なんてしている姿を思い浮かべれば、もう想像しただけで笑ってしまいます。

沖縄で「私は天才でーす！」とバンザイしながら嬉しそうに叫んでいたあの姿を想像したら、かわいすぎてもう笑いが止まりません。

あまりにも広い宇宙の中にいてそこから地球を見ていると、自分の悩みが本当に、

「あれ？　これってそんなに悩む事？」

と全然大した事ではないような気がしてくるのです。

するとだんだん気持ちが軽くなってきて、どうでもいい事だったんだぁ！　というあまりにもちっぽけな自分の考えに思わず笑えてくるのです。

これも自然治癒力だったのだなぁ！　と思えば、地球の自然の力と宇宙の無限の力の偉大さにいつも感謝です。

それも宇宙からのメッセージであり、神様からのギフトなのだと私は思っています。

ステップ6　アファメイション

楽しい事ばかり起こるようになってくると、身体は喜ぶのでどんどん軽くなってきて自由に動き回れるようになります。

さらにもっとプラス体質になるのには、イメージ力が重要です。

マイナスとつながっていると悪いことばかりイメージしてしまうので、実際にそうなるのですが、結局は自分自身が想像により作り出したものなのです。

たとえラッキーな出来事が起こっていても、残念なことに全くその事に気づかないのです。

ところがいいイメージをしっかり持っていると、マイナスな事とはつながらないので、たとえ悪い事が起こってもこれもまたすごい事に気づかないのです。

なんてお気の毒なぁ！　と思われるようなすごい事が起こっていても、本人はそれでも自然にその中のいい事とつながってしまうので、全然問題ないのです。

あれ？　これって悪い事が起こったのかも？　と思うどころか全てをいい事に変えてしまうので、これができないという事はピンチはチャンスといかず、ピンチはただのピンチどまりになってしまうのです。

そうやってプラスとつながって生きていると、どんどん楽しくて面白い発想が浮かぶのでいつも笑顔なのです。

もっと笑顔になるためには常にいいイメージをたくさん持って、さらにそれを実現していくために絶対的に必要なこと、それは口に出してどんどん宣言するというアファメイションです。

こうなりたいとか、こうしたいとか、願望を言うのではなく、「私は絶対○○が出来る!!」や「私は○○です!!」と宇宙に向かって強く強く言い切るのです。

たとえば、

「私は天才です！」

「私は自分が大好きです！」

「私はいつも幸せです！」

「私はまだまだ出来るので大丈夫！」

「私は世界で一番きれい！」

などなど、どんな事でもいいのでいつも先に宣言してあげましょう。

人間は何でも出来るすごい力が備わっているのですが、どこへ向かって行けばいいのかがわからないと困惑するので、念じるだけでなくどんどん口に出して強く宣言してあげましょう。

想像の世界というのは、決して見えない私の話なのではなく、プラスにもマイナスにも自由に変えることの出来るという、人間なら誰でも持っている思い込みというものであり、まさに自由自在なのです。

どう考えても人間はその通りにしか進んでいかないものなので、とっても怖いことに、不安な事や暗い事や、否定的な言葉を口にしていると、

「へぇ〜そうなのかぁ〜！」

と、その事とばかりとつながってしまい、脳にインプットされて、本当にそうなるようにマイナスを探して暗い世界に向かっていくのです。

考えただけでも怖いのですが、ぜひそんな事にだけはならないためにも常に自分を高めてあげましょう。

苦手なことも、上手です！　と言い換えてアファメイションをして脳に、私は実はこれは上手に出来るので大丈夫！　と教えてあげましょう。

するとあらまぁビックリ！　思い込みの激しい脳は、どんどん苦手なことが、あっという間に簡単に出来るようになってきます。

それでちょっとでも出来たら、すごーい！　えらーい！　天才！　と自分の事を褒めてあげましょう。

人間の得意分野はそれぞれであって、持っている能力は無限ですが、今それをしないでいったいいつ発揮するのかなぁ、そうして今楽しまなければ、いったいいつ楽しむのか

なぁ！　と私はいつも思っています。

だからこそ、それぞれの能力を押さえつける事なく、解放して自由にしてあげないことには、メチャクチャもったいない！

それどころか、バチが当たると思います。

ステップ7　光の羽

自分が褒められることが大好きになるとかなり魂のレベルは上がっていると思います。

そうなると次はもう一つレベルを上げて、自分の周りの人を褒めましょう。

褒められるのが嫌な人はいないので、ぜひあの人に褒められたら嬉しい！　と思われるような人間になれるように頑張りましょう！

ちょっと初めは照れくさいかもしれませんが、慣れてくると、

「あら⁉　なんだかとっても気持ちがいいし楽しいわぁ！」

という事に気づいてきます。

それでもどうしても出来ないという時に、ここで登場！

《光の羽》

なのです。

《光の羽》で、相手のマイナスな面や、自分自身のマイナスを、じゃんじゃんふっ飛ばしましょう！

光の羽を相手に向けて心の中で何度か唱えていると、不思議なことに相手のマイナスがだんだん見えなくなってきます。

そうなると、嫌だなぁ！　と思ってしまう相手のムンムンと漂っているマイナスのエネルギーが一時的ですが消えてなくなるので、ちょっと愛をもって見られるようになってきます。

人間は優しい気持ちになると、素直に相手を認め、褒める事が出来るようになってくるので、少しでもいいところを見つけては、まるで自分を褒めているかのようないい気持ちになってどんどん褒めましょう。

相手の喜んでいる顔を見ていると、自分自身が楽しくなってくるので、お互いを褒めあっていると最高に楽しいのはもちろんの事、そこには愛のエネルギーがあふれてきます。

悪やマイナスのない、楽しそうなところに笑いの天使や神様は集まってくるのです。

しかし愛のエネルギーが弱いところには笑いの天使どころか、悪魔さんや暴君がやってきてはマイナスのエキスを飛び散らかして、だんだんみんなに伝染させては、周りを支配して笑顔を奪おうとしてくるのです。

私たちは誰でも生きていて、文句ばっかり言われるような人とは絶対一緒にいたくないですよね。

それに怒っている人や、否定的なことばかり口にしている人も絶対に嫌ですよね。

そのようなマイナスとつながっている人からは愛のエネルギーが出ていないから、優しい思いやりなんてものはどこにもなく、カチカチすぎて本人も周りもしんどいのです。

そういう人を愛せる人もなかなかいませんよね。

なのでそういう人は愛されていない、褒められていない、必要とされていないからよけいにしんどいのです。

そういうマイナスのオーラが漂っていて疲れていそうな人は、悪魔さんや暴君に支配されてしまっている事が多いと思います。

それに、暴君というのは誰の心の中にもいるもの、初めはかわいい暴ちゃんぐらいなのでそんなに怖いものではないのですが、身体が冷えすぎてひどいマイナス状態になると、自分の気持ちとは関係なく勝手に暴れてムクムクッと表に出てこようとします。

そうなのです、暴君の正体は冷えなのです！

カチカチ冷え人が悪化してくると、暴君が勢力を増してきて変身しようとするので危険すぎる！

私はそんな危険そうな人に出会ったら、

「ひ、冷え坊が暴れてる～!!」

と言いながら、すかさず《光の羽》で自分の身を守っています。

なぜなら気をつけないとすぐに、自分にも冷えが飛んできて、暴君が表に出てきてしまいます。すると恐ろしい悪魔さんが見破ってどこからかやってきては、身体を乗っ取り支配しようとしてきます。

そして完全に笑顔が出ないようにして、すぐに周りを暗くしようとしてきます。

そんな事は絶対やめてほしいのですが、自分だけは支配されないぞぉと気合を入れ直し、出来るだけ多くのほっこりを集めていつも明るくニッコニコの最高の笑顔でいましょう!!

私はこのような場面を何度も体験したり、目撃してしまったのでよくわかるのですが、目に見えない恐怖とはこのことなのだなぁと思います。

本当にこれはどこでも起こりうる話なので、自分自身が強くなっていくしかないと思うのです。

ですが笑顔を奪われてしまってどうしようもない暴君に出会ってしまった時は、その人自身ももはやそこまでいくとどうすることもできなくなっているので、愛のほっこりパワーの《光の羽》で少しでも助けてあげましょう!

当然私たちは誰もがそのようにはなりたくないと思っているのですが、マイナスの力はなかなか強いのですぐに周りを巻き込もうとするのです。

そのようなマイナスの強いところに近寄ってはいけないのですが、どうしても避けられない場合も多々あり、一番よくないのはどんな時でも自分自身の波動が下がり、心が弱って冷えてしまう事です。

自分だけは大丈夫と思っていても、善良な市民は優しいので、情け心から気を抜くと波動はすぐに下がってしまうものです。

自分を高めて暴君の波長と会わないようにして、自分を下げないこと、とにかく波長をどんどん高い所とつなげていかないとすぐに狙われてしまいます。

それにマイナスに引き込まれてしまってもすぐには自分では気づかないものですが、気づいた時には結構伝染しています。

恐ろしいのです、暴君は。

こ！　これはマイナスの波動を出してきたな！　と思ったら、すぐに《光の羽》でやっつけないととっても危険なのです。

ここでポイント！

普段から《光の羽》を使い慣れていないといざという時に出てきません。

普段から言い慣れているとそれだけでマイナスを寄せつけないので、言い過ぎるぐらいでちょうどよいくらい。
何かしんどいと思えば《光の羽》
何か嫌だなぁと思えば《光の羽》
何かおかしいと思えば《光の羽》
それ以上にもっと幸せで明るく楽しく前向きになれる最強の言葉ができました。

《チュいてる！　チュいてる！

ノッテル！　ノッテル！

光の羽！

ありがたいなぁ〜!!》

ツイてるという言葉を口にするといい事が起こると聞き、私はそれにさらに愛を込めて、

「チュいてる!!」

どんどん上がり続けるために、

「ノッテル!!」

言えば言うほど楽になる、

「光の羽！」

どんな事にも感謝の気持ちを込めて心から、

「ありがたいなぁ～!!」

この組み合わせをいつも口にしていると、ウソのようにハッピーになってきたのです。

これもなんとも不思議なリズムなのですが、明るく元気いっぱいになるために、我が家ではハピエブのカウントをこれに言い換えたりして毎日楽しんでいます。

「ありがたいなぁ～!!」

という時はこれ以上ないくらいの最高の笑顔で愛のエキスを放出していると自分自身が幸せオーラに包まれて、最強にハッピーになれるのです！

こんな感じでカチカチ冷え人からほっこり温人になると、今までなら怒っていたようなこともなぜか笑えるようになってくるのです。

これが本当の〔勝利の笑顔〕。

ぜひぜひ皆さんも、いろんな元気になる〔ハピエブ〕を見つけて、人生を思いっ切り楽しんでください！

そうやって明るい光で世の中を満たし、悪魔や暴君の住めない幸せな世界を作り、みんなが明るい天使のようなほっこり温人である《ほっこりあん》になる事が一番なのだと私は思います。

ステップ8　ほっこりあん

私がこの「プラスとつながる」で言いたい事は生きていればストレスになる事はいくらでもありますが、そんなストレスに出会った時にどう感じ取るかどう対処出来るかで、世界はまるで違ってくるということです。

同じ時や空間を生きているのに、プラスとつながるかマイナスとつながるかの違いで、考えたらおかしな話なのですが、見事なまでに別世界なのです。

それにストレスがたまっているとか冷えているとかは、悪い事でも何でもないので、認めてあげるとどんどん楽になってきます。

「疲れたなぁ、あぁ冷えているなぁ」と気づいてあげて、もっと温めてあげる努力をしてあげればいいだけなのです。

冷え人さんになってしまってはちょっとのストレスでもすぐにやられてしまいますが、普段から温かくて柔らかい温人さんはたとえ一瞬やられたとしても、すぐに戻ってくるので、何が起こっても大丈夫。

私も疲れすぎて心がカチカチになってしまった時は、頭の中で宇宙に飛んで行こうと思っても重たすぎるのか全然行けません。

そういう時は、

「あぁ、心が弱ったから《光の羽》も弱っているんだなぁ、だから自由に羽ばたけないんだわぁ」と思っていつも以上に身体を温めることに力を入れています。

そうやって身体にほっこりを入れて身も心も満たされた生活をしていると、どんどんほっこりが増えてくる。それでも何かに迷ったり疲れすぎた時は、自分にとって何がほっこりで何がほっこりでないかなぁ？　と、心と身体に聞いてみます。

すると心がほっこりすることが一番の幸せ！　だなぁということに気が付いて、身体は正直なのですぐに答えが出てきます。

そうしてほっこりしながら生きていると「あぁ、世の中はなんて自由で楽しいのだぁ！」という事に気がついてきます。

カチカチでは型にはまろうとしてしまうし、常識に左右されますが、私は私流！　でいいと思うのです。

難しいことや困ることなんてないのですが、カチカチになると本当は簡単な事でも難しくしてしまいます。

そう難しくさせたりしんどくさせたりしているのは、カチカチが原因なのです。

本当は悪い事や悪い人なんてほとんどいない、全ては悪の根源であるカチカチの仕業なのだと思います。

みんな頑張って生きているのに疲れがたまりすぎたからという理由で、冷え人さんになってしんどいなぁと思い、常にイライラして怒っているなんて、私から見ればかなりもったいないのです。

そうかぁ！　冷えているせいで自分はこんなにも苦しかったんだぁ！　ということに気が付いて、ひたすら身体を温めてあげてほしいのです。

そしてもう誰もカチカチしていない、楽しいほっこり社会になるための努力をみんなでしていきたいのです。

絶対に温人さんになって笑顔で穏やかに暮らしていきたいと誰もが望んでいると思うのです。

ほっこり家族からはほっこり温人さんが育つ、そうするとほっこり家族だらけになっていくと思うのです。

みんな生まれた時は全員がほっこり温人さん。

それがだんだんカチカチの社会の中でカチカチが移ってしまっているので、ほっこり家族が増えてほっこり社会になればいいだけです。

だからこそ疲れすぎてマイナスのエネルギーをためたままにして、冷え人さんになってしまっては、自分だけではなく周りの人や地球にとっても、かなりのダメージを与えるので、とにかく自己責任でマイナスを解放して、愛のエネルギーがたっぷりのプラスの状態にまでどんどん波動を上げていかなくてはいけないと思います。

そうでないと、愛のエネルギーを奉仕するという私たちが社会に貢献する最大の目的が果たせなくなってしまいます。

そうしてほっこり温人さんになって宇宙で最も高い愛のエネルギーを放出し、その温かいエネルギーで地球の波動を上げてほっこり地球にしてあげましょう！

それが私たち人間の今一番しなければいけないことで、それこそが世界の平和につながっているのだと私は思います。

ほっこりあんは誰にでもすぐになれるのです。

自分がほっこりあんになることが、世界を平和にして地球を救うことが出来るなんて素晴らしいですよね。

暗く悲しいことばかり口にしていてはマイナスが飛び散る、そしてそのマイナスのエネルギーはどんどん下に下がり、それらは最終的に全部地球の中心にたまるので、地球は冷やされカチカチに固くなってしまうのです。

地震が起きたり異常気象が起きたりするのは、地球にマイナスがたまりすぎてしまい、冷えて苦しんでいるという訴えなのだと思います。

みんなの親である地球も暖かく穏やかになって幸せになりたいのです。

だからこそみんなで一つになって、次元を上げてマイナスのない世界に行きたいのです。

それがもうすぐ起こると言われているアセンションなのですが、地球上のみんなが一つになってまさにほっこり惑星！　にならないと、いつまでたってもアセンションなんてできず今のままどころか冷えていく一方です。

世の中何かがおかしいなぁとか、冷え切った社会だわぁとか誰もが気が付いていると思うのですが、それを変えることが出来るのがまさか自分の中にある愛のエネルギーを解放する事だったとは！　ズバリ！　私はそれしかないと思っています。

カチカチ状態になってしまっては、愛が自分の中から外に出ようとしても全然出られないので、つい自分の事ばっかりになってしまうという悪循環が起こり、それでは誰からも愛されない必要とされない、褒められないので寂しくなり弱ってきます。

さらに気が付けば世界が狭くなりすぎて、独りぼっちになったような気になり、本当は一人ではないのにすぐに孤独になってきます。

そうならないためには、ほっこりあんになって優しくなり自分の持っている愛の能力の全てを惜しみなく解放して自由に外に出すこと。

それが自分の中にまだまだ眠っているという能力を発揮する事であり、それこそが本当の意味で使命を果たして自由に羽ばたくことだと私は思います。

そんな感じで世界中に向けて〔愛の解放〕が出来るようになってくると、急に今までが嘘のように楽になってきます！

毎日ほっこりして笑っていると、だんだん今までのように寂しいなんてことは思わないのです。

ほっこりあんはみんな同じなので、みんな仲間！　そして無敵！

次元上昇をしてマイナスのない明るく穏やかで、愛にあふれた楽しい世界。

そしてそこには温人さんだらけ！

その温人さんたちはみんな笑顔で楽しんでいる！

心が優しくてみんなキラキラ輝いている！

想像しただけでわぁ～ステキすぎる！

みなさんも、もう考えただけでも魅力的ですよね。

みんなでプラスとつながりながら、地球を愛のエネルギーで包み込んで、ほっこりさせてあげましょう！

そう、ほっこりとはまさに愛の事。

だからほっこりあんとは、自分の持っている愛の全てを解放してみんなに愛を分け与えてあげることの出来る〈愛の人〉のことなのです。

《ほっこりあん》は地球を救う！

めざせ！　みんなで《ほっこりあん》

第5部　願い

22章　ふわふわアセンション

五年間病院には全然行っていなかったのですが、本当に久しぶりに大学病院の眼科の先生にお会いしました。

久しぶりに見た私の姿があまりにも元気だったみたいで、なぜかとってもビックリされました。

それに何もかもを褒めてくれるのです。

まさか先生に褒められるなんて思っていなかった私は嬉しすぎてだんだん調子に乗ってきて今の仕事を伝えると、

「あんたにはぴったりじゃ！」

と大喜びされたのです。

こんなにも元気になる人はあまりいないらしく、

「あんたみたいな人間をわしは見たことがない、あんたみたいな子は珍しいのじゃ！」

など、あんたはすごい！　と恥ずかしくなるくらい何度も繰り返し言われたのです。

そこまで言ってもらえるなんてもちろん嬉しいのですが、見えなくなってしまうとどうしてもふさぎこんでしまうケースが多いという事を初めて聞きました。今まで私は、大きすぎる試練を乗り越えてくるのに無我夢中だったので、何も考えられなかったのですが、この時何かが目ざめたような気がしたのを覚えています。

アイナを卒業する少し前なのですが、

「真由美さんと奈美さんはスクールをしたらいいよ」

と言われたのです。

それはまさかの一言でしたが、さらに、

「真由美さんには真由美さんにしかできないことがある。真由美さんに教えてほしいという人はたくさんいるよ」

と言われていたことを思い出したのです。

あぁなるほど、そうかきっと見えなくなってどうしたらいいのかわからなくて悩んだり、私のように針が怖くて鍼灸師にはなりたくないと思っている人もいるかもしれない、ならばみんなで楽しめるように見える人も見えない人も助け合いながら一緒に学べる、そんな愛がいっぱいの学校をつくりたいなぁと思い出したのです。

そう思い出してから二カ月後の夏休みに、真二さんとアイナを訪れた時に宮城先生に、

「ずいぶんオーラが大きくなったね」

と言われ、さらに、

「本を書くといいよ。真由美さんの実体験の数々を世の中の人に教えてあげるといいよ」

と言われたのです。

まさかそんな事出来るわけないよ！　と思ってビックリしていたのですが、ひろみ先生も真二さんも、

「そうだそうだ、書くべきだよ！」

と、もうみんなで大騒ぎなのです。

そう言われても！　本なんて書けないよぉ！　と、大阪に帰ってきてからもしばらく悩みましたが、もしかしてもしかしたら、本当に何かのお役に立てるのではないかしら！　と思いだしたのです。

自分の周りの人たちがいつでも明るく元気だったらもっと楽しいのになぁ、世の中からしんどい人がいなくなったらいいのになぁと、ずっと思っていました。

誰かが落ち込んで元気がないと私にはすぐにわかってしまうので、そのたびに悩みを聞いたりしながらいろいろとアドバイスをしてきましたが、みんなどんどん元気になっていくので、これは本を書いたら遠くの離れている知らない人にまで伝えられるから、多くの

人が少しでも元気になれるのでは！　と思ったのです。

こんなちょっと不思議な事ばかり言う私に何が出来るのかわかりませんでしたが、それから夢中でいろいろ書いていたある日、あの三月十一日の大震災が起こったのです。

私にはテレビの画面は見えないですが想像出来るので、あまりにも大きな地震だということがよくわかり、

「あぁなんてこと！」と毎日もう辛くてたまりませんでした。

四年前アイナに入学した日まず初めに説明されたのがアセンションの話でしたが、二〇一二年の十二月からアセンションが起こってくるという内容でした。

アセンションとは、地球が高次元に移動するという事です。

宇宙にはたくさんのアセンションをした星があるのだと聞いて帰ってきてから、アセンションの本を何冊も読みました。

ある外国の人が書いた本の中に、

「日本人はアセンションに大きな意味をなす、世界に多大な何らかの影響を与える重要なカギをもっている。」

そのような内容の事がいろいろ書いてありました。

その時は「へぇ、日本人が今のままで一体何をするのだろう?」と、さっぱり見当も付かなかったのですが。

地震が起こる前からなんだか異常に寒いので、これは何かおかしい。きっと地球が冷えているなぁと思っていたら地震が起こり、あまりにもひどい状況を聞いているうちに、あっ！　あの本に書いてあった言葉を思い出したのです。

そうかこの地震が起こったことにより、日本は大きく変わっていくに決まっている、日本人は情に厚く思いやりの心が強く、温かくやさしい人が多いという事はよく聞く話、それにそのような魂が今この時代に日本に集まっているとも聞きましたが、私も本当にそう思います。

みんな愛の心をたくさん持っているのに、それをどうやって外に出したらいいのかわからないだけなのだと思うのですが、どう考えてもそれはとってももったいない、なぜなら愛は出せば出すほど使えば使うほど、その何倍もの愛のエネルギーが自分の中に増えるからです。

それに冷えて硬くなって苦しんでいるから地震などの震えるという形で、カチカチになったマイナスのエネルギーを出して温めようとするのだと私は思います。

人間も同じで冷えると身体を震わせて温めようとしますが、みんな一緒です。

私たちにいつでも惜しみなく愛を注いでくれている、まさに母である地球が苦しんでいるなんて！

私たちを作り育ててくれているのは、大いなる母の地球だという事を沖縄の宮城先生に教えてもらった時は、まだここまでわからなかったのですが、今は本当に地球に感謝しています。

私たちが毎日楽しく幸せでいられるのは地球が自然治癒力を分け与えてくれるからなのであって、本当に私たちの母である地球のおかげなのです。

宇宙にはたくさんの星があるので、地球よりもっと進んだ世界があると言いますが、私も本当は知らないだけできっといろんな星があっていろんな世界があるのだろうなぁと思います。

地球である私たちの母が次元を上げて今よりも明るくて楽しいマイナスのない世界の仲間入りをしようと頑張っているので、子供の私たちがみんなで応援するのは、自分の親を大事に思うのと同じだと思うのです。

人間は目に見えないものは信じられないものですが、そういう考えこそがカチカチだと思うのです。

人間だけが文句やグチを言うのですが、そのマイナスのせいで地球である母が苦しんでいるという事に気づけば、もうこれからはグチグチ文句なんて言えなくなると思います。

全ては地球があってこそ私たちは地球に住まわせてもらっているだけで幸せなのです。

まずはみんなでほっこりあんになって日本中を愛のエネルギーで満たしほっこりしていると、それだけで世界中のみんながあこがれてきて、自然に世の中ほっこり温人さんだらけになると思うのです。

そのために一刻も早く過去の自分を次から次に解放して手放して新しい自分に生まれ変わりながら、前に前にと進んでいかなければいけない、止まっている暇なんてないと思うのです。

自分で自分を縛り付けて自由になれずに苦しんでいた今までの自分から、まさにさなぎから蝶に脱皮するようなきれいで神秘的なイメージで、どんどんダッピングして美しい光の羽を羽ばたかせながら、温かい世界の中で温かい人たちに囲まれて楽しい毎日を送る事が、私たちの生きている意味であり幸せなのだと私は思います。


だからこそ病気や飢餓で苦しんでいたり、今でも争い事をしていたり、そんな悲しみは地球を冷やすので、もう誰かが辛い思いをすることは全てなくして、みんなが《ほっこりあんⅣ》になる事が地球への恩返しであり、それこそが誰にでも出来るふわふわアセンションなのです。

だからほっこりあんになるということは、もうすでに心のアセンションをしたということなのです。

つまりプラスとつながった楽々世界の中で、愛の解放をしながら笑顔で楽しく生きている人のことなのです。

23章　ほっこり歌三線《さんしん》

沖縄のホテルにあった三線の体験教室で三線と出会いました。

もちろん三線に触った事もなく、今まで弦楽器の経験さえもない。

何より驚いたのが、楽譜が漢字で書いてあるのです。

ドレミでも怪しいというのに何のことかさっぱりわからずパニックに陥っている私に、先生は優しく指導してくれました。

三線は歌いながら弾くものなので全てを覚えるのですが、ここでも得意のイメージ力を発揮して丸暗記なのです。

何とかですが少しまともに弾けるようになってきたころ、嬉しいことになおちゃんが三線に興味をもってくれたのです。

すぐにおそろいの三線を購入していつか私たちの三線で多くの人の心をほっこり温かくすることができれば嬉しいなぁと思いながら、毎日頑張って練習しています。

それに『三線は宇宙を奏でる』という本に、三線の周りが宇宙で、三線を持つとそこには宇宙が広がるという事が書いてあり、三線の音色は宇宙を奏でるから癒されるのだと知りとても感動しました。

沖縄を第二の故郷だと思っている私は、やはり沖縄の歌がいいなぁと思い、ビギンの歌をよく聞いているうちにすっかりファンになってしまいました。

そうして毎日聞いているうちに、すごく癒されるあの声は宇宙からのメッセージだ！と思い、近くで聞いてみたくなったのです。

そう思っていたら大阪でコンサートがあると教えてもらい、見事にチケットがとれ、なおちゃんと行ってきました。

あまりにも素晴らしく想像以上に感動した私は、なおちゃんの旦那様と娘さんに送ってもらっていた車の中で興奮しすぎたのか思わず、

「生きていてよかったぁ！」

と大きな声で言ってしまいました。

そ、そんな大げさなぁ！　とみんなに思われたかもしれないのですが、本気でそう思ったのです。

そりゃぁ今までに楽しい事や嬉しい事は山ほどあったのですが、ハッキリ口に出して、しかも人前でこんなにも堂々と言えるようになったということなのです。

あぁ、なんて私は幸せなのだろうと改めて感動しました。

そして次の日なおちゃんに聞いたのですが、〔ハピエブ〕と改名したあの中学三年生の娘さんのあゆちゃんが、元気いっぱいであまりにも嬉しそうな私の様子を見て言った言葉

が、

『松山君、ええ嫁もらったなぁ～！』

だったのです。

24章　光る地球

お正月に奈美ちゃんと二人でアイナに講師の試験を受けに行くことが決まり、わくわくどきどきしながらあと一カ月ほどにせまってきたある日、なんと今度は父親が脳出血になって倒れたのです。

なぜこうも沖縄の学校に行く前は何かが起こるのかしら？　と驚くしかありませんでした。

しかし意味のないことや偶然な事なんて起こらないので、今度は何だろう？

きっとこのままの生活習慣ではもっと大変なことになるので、そうならないためにも母と一緒に協力しあいながら、共に健康生活を送りいつまでも元気で長生きをしなさい！と神様が教えてくれたのだと思います。

母の時で経験していてよかったのですが、それでも父の弱っている姿を見る事はとてもショックでした。

どう考えても私の目の事で両親には想像をはるかに超える悲しみを与えてきてしまったと思うので、かなりのストレスだったことは言うまでもないからです。

ところが本当にこれ幸いで、四年前脳梗塞で倒れた母も父も全くと言っていいほど、後遺症も残らずピンピンしているのです。

それどころか、本当に倒れる以前よりはるかに健康的なのです。

だからといって脳梗塞や脳出血にならないようにする事が一番の目的なので、そうならないためにもどんどん若返ってくる《ゆっくりほっこり健康法》を少しでも実践して頂ければ嬉しいです。

思ったよりも父の回復が早くこれで安心して沖縄に行けるなぁと思い、気持ちを切り替えて用意をし前もって宅配便で送ったスーツケースが、なぜか現地のホテルで待てど暮らせどこないのです。

なんともウソみたいな話でしたが、前回はプレックストークという録音機が壊れ、今回はスーツケースが届かないのです。

絶対に着くと言われていた五日も前に送っていたので、まさか届かないとは夢にも思わずさすがに初日は焦りました。

なぜって明日から三日間アイナで試験があるので、何かと困るような気がしたのです。

ところが次の日学校に行ってそのことを先生に伝えると、

「きっと今回はスーツケースは必要ないという事だったのでしょうね。今回の目的は勉強なので、そんなに洋服や荷物はいらないって事なのでしょうね」と笑いながら言われたのです。

さ、さすがアイナ流！

そっかぁー！

そうそう、きっとなんとかなるさぁー！　と思い直してみたのです。

するとあらまぁビックリ！　そのおかげで、荷物のことは全く気にしない、明日着る服も悩まない、だって何もないのですから。な、なんて軽いのだぁ！　何もないって！　と自分でも驚くほど軽くて爽快な気分なのです。

そう思っていたら本当になんとかなったので、身軽なことがこんなにも楽だということを学ぶことができたのでした。

なんと帰る日のチェックアウトの一時間前に、スーツケースは何もなかったかのようにやってきたのです。

まるで、

「さぁ、お土産を入れなさい！」

とでも言うかのように、平気な顔で堂々とやってきたのです。

ついに今回もなんとかかんとかではありましたが、晴れて無事に私たち二人はアロマセラピストの講師になれました。

本当にいろんなことを教えてくれる元祖ほっこりのアイナには、ただただ感動させられっぱなしでしたが、実はあれもこれも、「全てはうまくいっている！」だったのです。

帰ってからスーツケース事件を姉に話し、

「荷物が届かなかった事で、人間は必要以上の物を持ちすぎていて何もかもを重くしている。実は何もない方が軽くて楽で、こんな私がなんとかなったのだから人間はなんとでもなる‼」

という事を学ばしてくれたのだろうねぇと二人で感動しながら、家中のいらない物を処分したらもっと軽くなるよ！　と勧められたのです。

本当に必要な物だけを残していらないものをなくしていると家の中が浄化されて、マイナスのエネルギーがなくなり驚くほど軽くなっていくのです。

そうか、家も身体も心もマイナスをためるとカチカチになってきてどんどん重くなるのだなぁ！

カチカチを取り除いていくと残るのはほっこりだけなので、自然に軽くて温かくなるのだなぁ！

いつもどんな時でもこの瞬間を思いっきり楽しむためには、背中の光の羽でやわらかくフワフワと羽ばたけるのが一番！

ほっこりあんは愛の解放ができた愛の人、ほっこりあんの背中には光の羽、ということは光の羽は愛の羽！

愛は解放されると自由になって羽ばたくけれど、愛の根は大地にどこまでもしっかりと伸びてゆき、足が離れない事。

そして自分のその足で一歩一歩前に向かって歩いてゆき、日々進化していくことが何よりも大事！

しっかりと地球と一つになっているから、心は自由であることの幸せをかみしめられ、「そうかぁ！　そうして初めて自然に愛がいっぱいの笑顔の花が咲いていくのだなあ〜!!」

そうやって家中を片付けていると、五年前に初めて沖縄に行った時にスピリチュアルアドバイザーの松田先生に書いてもらった紙が出てきてビックリしました。

なぜビックリしたかと言うと、そこには、

「真二さんはまゆみさんの自立をサポートしながら、五年をめどに二人で何か新しい事にチャレンジしている」

と書かれていたのです。

そうなのです、私たちはお互いに人と環境に良い癒しのサロンを作ろうと計画中だったのです。

真二さんがずっと前から自然の力で頭皮を健康にして、髪も頭皮も元に戻していく美容室を作ると言っており、そしてフラワーズとともに、みんなの心と身体が元気になって更に美しくなり、幸せいっぱいの笑顔があふれるお店を作る予定なのです。

身体が不自由である事の不便さを痛いほど体験してきた私たちだからこそ言えるのだと思う事がたくさんあり、その事を多くの人に伝えることがお役目だと思っています。

私たちは元気になる方法をたくさん知っていますが、誰にも教えてもらえずにどうしたらいいのかわからなくて苦しんでいる人が、世の中にはいっぱいいると思うのです。

そうやって元気になる方法がわからないがために病気になっていく、まさに失明する前の私なのです。

あの頃の私は身体が冷えているなんて感覚は一切ありませんでしたが、そうやってみんな冷えすぎて病気になっていくのです。

私はこれ以上誰かが病気になる事や、今も多くの人が病気で苦しんでいるという事が、もういやなので心と体の両方を癒してあげていつまでも元気で笑っていてほしいのです。

体が悪くなるのは心が弱るからです。

心をハッピーにしてあげられるのは他の何者でもない、自分しかいないのです。

なので幸せになるための努力だけは全ての人が決して惜しんではいけない！　と私は強く思います。

それと人間は、
『やるかやらないか、ただそれだけ！』
なのですが、
『誰でもやれば必ず出来る！　一生懸命頑張っていれば必ず誰かが助けてくれる！』
という事も私は日々の生活から大いに学び実感しました。

みんなが持っている能力を存分に発揮しながら、それぞれの魂が輝き続けられる事、その輝きで世界中がキラキラと光り続けられる、その光り輝く星の中で全ての生命が元気でハッピーになれるようにと願いながら、これからも私はほっこり温人講師として頑張っていきたいです。

そして身体がカチカチに冷えてしまって悩んでいる人や、赤ちゃんからお年寄りまで、多くの人の心が癒されるような、ほっこり美容村を作る事が私たちの目標です。

そこで私を今まで支えてくださった人たちと、みんなが笑いの天使になっていくという楽しい努力だけをしながら、日本中にほっこりあんの思いが届き、多くの多くの人々のお役に立てる日が来ることを心待ちにしています。

エピローグ

もっと書きたいことはたくさんありますが、この《光の羽》を読んで、少しでも心が軽くなってもらえたらと愛を込めて書きました。

ここまで順に読んでくださったみなさんは、今頃はもうすでに、ステキな《ほっこりあん》になっていることと思います。

真二さんは人に、

「奥さんてどんな人」

と聞かれると、

「うさぎとかめの物語に出てくるかめのような人。余裕で走っていって疲れてしまい、途中で寝ているうさぎを見つけて、『わーい！』と追い越すのではなく、起こして、『こっちこっち！』と導いていく、何をするのにも人の何倍も時間はかかるけど、寝ているうさぎを起こしてあげられるかめのような人」

と言っているそうなのです。

そのことを聞いた瞬間、私はこれでいいのだと思い嬉しくなりました。

きっとこれが私に出来ることであり、能力なのだろうなぁと思います。

自分の目が見えなくなるなんて初めは信じられず、全ての事から取り残されたような気がして、寂しくて寂しくてどうしようもありませんでした。

それがいつの頃からか気がつけば、

「人間はみんな一人だけど孤独ではなく、自由だということ！　私は自由だから何でも出来るのだぁ！」

と思うようになったのです。

それに一人だからこそ誰かが私のそばに一緒にいてくれると、もうそれだけでたまらなく嬉しくなってきて、

「ありがたいなぁ〜!!」

と温かい気持ちが満ちあふれていきました。

私はよく障害を乗り越えたから強いのだと思われるのですが、そうではなく、ただほっこりが増えてきて寂しくなくなり、いつの間にか孤独を乗り越えることができたのだろうなぁと思っています。

そうしたら自然といろんな事が純粋で素直に見られるようになり、どんどん楽になってきたような気がします。

そんな私だからこそ言えること、この《光の羽》で一番みなさんに伝えたかった事、それは、

『何も見えない私がこんなにも毎日自由に楽しく生きているので、見えていればそれだけで絶対に私の百倍は楽しくて幸せなはず！　見えているというだけで本当はチュいてる‼なのでこれからはまだまだ楽しくなれるという事に早く気がつかなければ、私から見ればかなりもったいない‼　だから絶対的に五体満足である健常者は、みんなめちゃめちゃ元気でいてほしい‼　そしてみんながほっこりあんになって愛の解放をしながら、光の羽を羽ばたかせて、残りの人生を最高なものに変えていってほしい』

ということなのです。

こんな私の長い話を最後まで読んでいただいて、本当にありがとうございました。

心から感謝の気持ちでいっぱいです。

少しでも何かが身体の中で目覚めていただければ嬉しい限りです。

そして私は、

「人生とはどれだけ多くの笑顔でルンルンになれるほっこりを見つけられるかだぁ！」

と言いながら、どこまでもフワフワと光の羽で羽ばたいていきたいです。

〔ブーメランの法則〕どおり、私を支えてくださった多くの人々に愛と感謝の気持ちが届き、そこからまたさらに、多くの多くの人々に愛と感謝のブーメランが届きますように、そして日本から世界中の人々へ愛と平和のブーメランが届く事を私は強く信じています。

著者プロフィール

松山 真由美（まつやま まゆみ）

1972年5月20日大阪生まれ。

高校卒業後大阪の美容学校を出てから、約12年間美容師として活躍。

28歳の終わりから2年ほどで失明。32歳の時に結婚。

2008年、沖縄でアロマ、カイロヒーリング、フットリフレクソロジーなどを学び、10月4日〈トータルヒーリングサロン フラワーズ〉をオープンして、盲目のセラピストとして活躍。

2011年、沖縄にてアロマセラピストの講師資格取得。

2012年10月4日、〈ほっこり美容村トータルビューティー〉をオープン。

主な資格に美容師、管理美容師、アロマセラピスト、カイロヒーリング、フットリフレクソロジー、心理カウンセラー、アロマセラピスト講師。

現在は夫の真二さんと共に、2021年に沖縄の読谷村でエネルギーエステスクール天使の羽工房を設立し、全国から受講に来てくださる生徒さんの育成に力を注いでいる。

光の羽 《ほっこりあん》からのメッセージ

2012年11月15日　初版第１刷発行
2024年３月10日　初版第３刷発行

著　者　松山 真由美
発行者　瓜谷 綱延
発行所　株式会社文芸社
〒160-0022　東京都新宿区新宿1－10－1
電話　03-5369-3060（代表）
03-5369-2299（販売）

印刷所　株式会社エーヴィスシステムズ

ISBN978-4-286-12852-8